Friedrich Gustav Triesch

Ottilie - Schauspiel in vier Akten

Friedrich Gustav Triesch

Ottilie - Schauspiel in vier Akten

ISBN/EAN: 9783743643659

Hergestellt in Europa, USA, Kanada, Australien, Japan

Cover: Foto ©Andreas Hilbeck / pixelio.de

Weitere Bücher finden Sie auf **www.hansebooks.com**

Ottilie

Schauspiel in vier Akten

von

Friedrich Gustav Triesch.

Ottilie

Schauspiel in vier Akten

von

Friedrich Gustav Triesch.

Berlin 1894.

Personen.

Besetzung des Raimund-
Theaters.

Professor Dr. Konrad Gregorius	Herr Ranzenberg
Ottilie, seine Frau	Frl. Barsescu
Norbert, beider Sohn	Herr Nerz
Hermann Gräffendorff	„ Klein
Paula, seine Tochter	Frl. Leuthold
Leo Malchow, Lieutenant	Herr Heding
Mathias, } bei Professor Gregorius	„ Heller
Bertha, }	Frl. Skopal.

Erster Act.

Wohnzimmer im Hause des Professors Gregorius. Die Mittelthür bildet den allgemeinen Eingang. Thüre rechts, die zu den Zimmern des Professors führt. Thür links, durch die man zum Eßsaal und zu den übrigen Wohnräumen ge langt. Links vorn Erker, zu dem Stufen — mit Balustrade — hinaufführen In dem Erker ein Fenster. Rechts vorn Kamin, worin Feuer, darüber ein Spiegel. Links vorn Chaiselongue, ein kleiner runder Tisch, ein Lehnsessel, ein

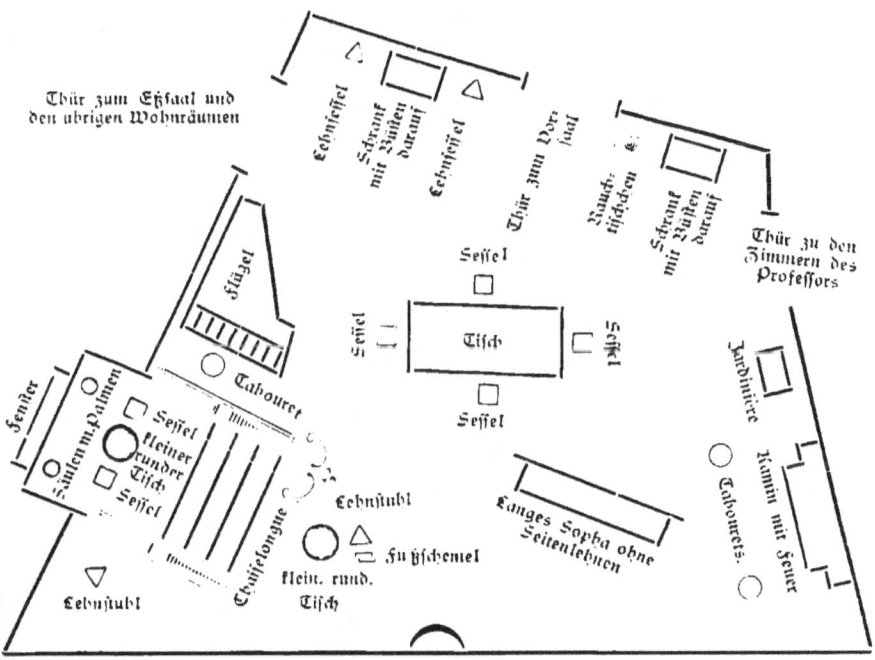

Schemel. In der Mitte der Bühne runder Tisch mit vier Stühlen. Rechts vorn langes Sopha ohne Seitenlehnen. Tabourets neben dem Kamin. Hinter demselben Jardinière. An der Hinterwand links und rechts Schränke mit Büsten. Zu beiden Seiten des Schrankes links Lehnsessel. Neben dem Schranke rechts Rauchtischchen. Zu beiden Seiten des Erkers Lehnsessel; in demselben kleiner Tisch mit zwei Stühlen und zwei Säulen mit Palmen. Links an der Wand offener Flügel mit Stuhl, Violinpult und Noten-Etagère. Oelgemälde, Bronzen, Bronzeluster, Teppiche, u. s. w. Die ganze Einrichtung in vornehm ernstem Style.
Rechts und links vom Zuschauer.

Als Manuscript gedruckt.

Erste Scene.

Bertha von links mit Kaffeebrett, worauf Kanne, Zucker und zwei Tassen, setzt Alles auf den Tisch in der Mitte Gleich darauf Mathias mit Briefen, Karten und Depeschen durch die Mitte. Dann Ottilie und Norbert von links.

Mathias.

Schon wieder Briefe und Depeschen für den Herrn Professor. Er ist noch nicht einmal zu Hause und wird schon wieder abberufen. Gegessen hat er auch nur ein paar Bissen!

Bertha [Alles auf dem Tische zurechtrückend].

Ei freilich, es duldete ihn förmlich nicht bei Tische.

Mathias.

Ja, das ist schrecklich mit dem gnädigen Herrn. Die Krankheiten fremder Leute sind ihm immer wichtiger als seine eigene Gesundheit. [Setzt ein Cigarrenkistchen auf den Tisch.]

Bertha.

Wahrhaftig, es ist so! Ein so berühmter Arzt und Gelehrter, und noch immer so eifrig! Wird sich's der Herr Professor — er ist ja doch kein Jüngling mehr — nicht endlich einmal bequemer einrichten? [Gießt Kaffee in die Tassen und rückt die Stühle zurecht.]

Mathias.

Der Professor? Da kennen Sie ihn schlecht. Und sehen Sie, das bewundere ich am meisten an ihm: ob Millionär oder ein armer Teufel — das ist ihm völlig egal. Da kennt er keinen Unterschied.

Norbert [Ottilie am Arme von links hereinführend, halblaut].

So, liebste Mutter, und nun möchte ich dich bitten . . .

Ottilie.

Was denn?

Norbert.

Schick' die dienstbaren Geister weg!

[Ottilie winkt, Mathias und Bertha ab.]

Zweite Scene.

Norbert. Ottilie.

Norbert (aufathmend).

Und nun setz' dich, liebe Mutter, da her in den Lehnsessel. So! [Drückt sie sanft und liebevoll in den Lehnsessel links vorn und kniet nieder, um ihr den Schemel zurechtzurücken. Sie zärtlich anblickend.] Wahrhaftig, die Leute haben Recht! Du siehst aus, als ob du meine, nur um ein paar Jahre ältere Schwester wärst. [Den Schemel rückend.] Nun, Mutter, setz' deine kleinen Füße darauf.

Ottilie.

Du Schmeichler. [Zaust ihn.]

Norbert.

Bitte, noch einmal!

Ottilie.

Du großes Kind!

Norbert.

Ach, es ist ja so angenehm, ein Kind zu sein! Zumal wenn man vom Schicksal so begünstigt ist, wie ich.

Ottilie.

Sei still, Norbert!

Norbert.

Im Gegentheil, ich ruf' es laut! Wo in der Welt findet sich eine Frau, die als Gattin, als Mutter, d i r zu vergleichen wäre!

Ottilie [betreten]

Genug, mein Sohn, genug! Du weißt, ich habe das nicht gern.

Norbert.

Ich weiß, daß d i e gewöhnlich am bescheidensten sind, die am wenigsten Ursache dazu hätten! [Küßt ihr die Hand, legt sie dann auf seine Stirne.] Ah, das thut gut!

Ottilie [besorgt].

Deine Stirne ist heiß, du hast wieder Kopfschmerz!

Als Manuscript gedruckt.

Norbert.

Nicht im geringsten.

Ottilie [seufzt].

Liebster Norbert, du ahmst allzusehr deinem Vater nach. Du arbeitest zu viel, gönnst dir zu wenig Ruhe. Ja, ja, Norbert, du siehst seit einiger Zeit sehr angegriffen aus. Sieh', wie deine Hand zittert.

Norbert [aufstehend].

Nervös bin ich, Mutter, das ist alles. Wer ist das heute nicht!

Ottilie.

Du machst mir große Sorgen.

Norbert.

Aber weshalb denn, Mutter! Die kleine Ohnmacht da neulich? Bah — das war gar nichts! Sehr einfach: ich hatte mehrere Nächte nicht geschlafen.

Ottilie.

Du verbrachtest sie im Krankenhause.

Norbert.

Nun ja — aber wahrhaftig nicht aus Menschenliebe. Aus purem Egoismus; es gab mehrere sehr interessante Fälle.

Ottilie.

Du studierst zu viel und zerrüttest dabei deine Gesundheit.

Norbert.

Aber Mutter, ein junger Arzt, der wie ich das Glück hat, einen so berühmten Vater zu besitzen! Bin ich nicht förmlich verpflichtet, mich des glanzvollen Namens, den ich trage, würdig zu erweisen? [Setzt sich links auf die Chaiselongue.]

Ottilie [holt eine Tasse vom Tisch, reicht sie ihm].

Gewiß, liebes Kind. Aber —

Norbert.

Aber du giebst doch zu, liebe Mutter, daß es mir, bei Licht besehen, nicht gar zu viel Mühe gekostet hat, mir diesen ruhmvollen Namen zu erwerben.

Ottilie [schlägt ihn auf die Wange].

Du Schelm!

Norbert.

Einen Augenblick! [Hascht ihre Hand, küßt ihr die Fingerspitzen.]

Ottilie.

Merkwürdig, wie du heut gut gelaunt und galant bist. Doch ja — letzteres bist du ja immer gegen deine Mutter. [Norbert brennt eine Cigarrette an.] Aber heut bist du es ganz besonders. [Ihm mit bitterem Lächeln drohend.] Es ist förmlich auffallend.

Norbert [verlegen].

Weshalb denn, Mutter? Ach so! Nein, wahrhaftig, ich habe jetzt gar nicht an Paula gedacht.

Ottilie.

So —!

Norbert.

Nein, wirklich nicht. [Lachend.] Wie du einen durchschaust! Ach, bitte, bitte, mach' doch nicht wieder ein so trauriges Gesicht.

Ottilie.

Ich kann's nicht verhehlen, Norbert, daß ich ernstlich verstimmt bin. Norbert, wann wirst du endlich aufhören, dich dieser vergeblichen Hoffnung hinzugeben?

Norbert [ausweichend].

Aber, liebste Mutter —!

Ottilie.

Erinnere dich doch der Bemerkungen, die Leo vor seiner Abreise gemacht hat, als von Paula Gräffendorff die Rede war. Er hat uns doch ganz deutlich zu verstehen gegeben, daß er sich nach seiner Rückkehr mit ihr verloben wird.

Norbert.

Allerdings —!

Als Manuscript gedruckt.

Ottilie.

Glaube mir, lieber Norbert, Paula wäre ohnehin keine Frau für dich gewesen.

Norbert.

Verzeihung, liebste Mutter, du kennst Paula zu wenig und —

Ottilie.

Nun, und — ?

Norbert.

Sei nicht bös, Mutter, aber [immer liebevoll, zart] du bist denn doch etwas voreingenommen gegen das Mädchen.

Ottilie.

Wie kannst du so etwas sagen!

Norbert.

Ja, ja, liebste Mutter. Verzeih' mir, aber sieh' — den Groll, den du gegen Direktor Gräffendorff hegst, überträgst du ganz unbewußt auch auf seine Tochter.

Ottilie.

Wer sagt, daß ich einen Groll gegen ihn hege?

Norbert.

Ich habe Abneigung sagen wollen.

Ottilie [eine Bewegung machend].

Liebes Kind —! [Steht auf.]

Norbert [gleichfalls aufstehend].

Du giebst doch zu, liebste Mutter, daß du seit Jahren alles gethan hast, um den Verkehr zwischen uns und ihm so weit als nur möglich einzuschränken. Ja, diese Beziehungen würden wohl längst g a n z aufgehört haben, wenn der Vater ihm, dem einstigen Jugendfreund und Studiengenossen, nicht in so herzlicher Freundschaft zugethan wäre.

Ottilie.

Das ist ja ein förmlicher Vorwurf. [Geht ein paar Schritte nach rechts.]

Norbert (ihr folgend).

O gewiß nicht — das würde ich nicht wagen! Ich finde
es ja, offen gestanden, auch ganz begreiflich, daß eine Frau wie
du — zu einem Manne mit den lockeren Grundsätzen Gräffendorff's sich nicht hingezogen fühlen kann. Aber ich habe mich
doch schon oft im stillen gefragt, ob du nicht doch allzu streng
mit ihm ins Gericht gehst.

Ottilie.

Sieh' doch, zu was für einem eifrigen Anwalt dieses Mannes
du dich entwickelt hast. [Setzt sich auf das Sopha.]

Norbert.

Ich frage dich, Mutter: darf eine Künstlernatur wie Hermann Gräffendorff mit dem Maßstab der gewöhnlichen bürgerlichen Moral gemessen werden? Als Gräffendorff vor fünf —
nein, vor sechs Jahren war's — an unserer Hofbühne den
glänzenden Erfolg mit seiner neuen Oper erzielte, und infolgedessen hierher übersiedelte — ich erinnere mich jener
Zeit noch sehr genau — warst du damals nicht außerordentlich
erfreut, ihn persönlich kennen zu lernen! Warst du nicht
sogar stolz darauf, daß der gefeierte Musiker am liebsten in
deinem Hause verkehrte?

Ottilie [betreten].

Damals — damals! Damals war Gräffendorff noch ein
bescheidener, fast schüchtern auftretender, liebenswürdiger Mensch.
Wenige Wochen vor seinem Erfolge hatte er seine angebetete
Frau verloren. Trotz seines Triumphes fühlte er sich namenlos
unglücklich. Damals machte er überall, auf Jeden den sym-
pathischsten Eindruck. Aber wie gründlich hat er sich und binnen
kurzer Zeit verändert!

Norbert.

Verzeihung, liebste Mutter — was sagen denn seine Feinde
ihm nach? Daß er ein großer Verehrer des weiblichen Ge-
schlechtes sei. Ich finde das nicht so schlimm. Und was seine
intimen Beziehungen zu einer unserer gefeiertsten Künstlerinnen
betrifft — was geht das die Welt an?

Ottilie.

Ich staune, wie du mit einem Male duldsam geworden bist.

Norbert.

Es kommt immer nur darauf an, um wen es sich handelt. Uebrigens ist Paula fern vom Vaterhause in einem Pensionat erzogen worden.

Ottilie.

Das war jedenfalls ein Vortheil für das junge Mädchen. Norbert, ich merke immer deutlicher, daß dein Vater dich im geheimen beeinflußt.

Norbert.

Du irrst, Mutter.

Ottilie.

Sei versichert, Norbert, daß dein Vater mit seiner leidenschaftlichen Vorliebe und Verehrung für Musik in Gräffendorff nicht so sehr den Menschen als vielmehr den begabten Künstler und Componisten schätzt.

Norbert.

O, er schätzt auch den Menschen in ihm.

Ottilie.

Ah — nun verstehe ich alles! Dein Vater ist ja ganz und gar für Gräffendorff's Tochter eingenommen. Seit Gräffendorff sie uns vorgestellt hat, benützt dein Vater jede Gelegenheit, den Verkehr mit ihm wieder reger zu gestalten, dich, so oft als es geht, mit Paula zusammenzuführen. Nun — sein Wunsch wird nicht in Erfüllung gehen. Paula's Herz ist längst nicht mehr frei. Leo hatte es schon gewonnen, bevor du sie kennen gelernt — [aufstehend] und ganz offen gesagt, ich bedaure das nicht.

Norbert [schmerzlich].

O Mutter!

Ottilie [erschrocken].

Was ist dir, Norbert?

Norbert.

O nichts, nichts.

Ottilie.

Norbert, glaube deiner Mutter — [Unterbricht sich.]

Dritte Scene.

Vorige. Mathias, dann Gräffendorff, Paula.

Mathias [durch die Mitte, meldend].

Herr Direktor Gräffendorff mit Fräulein Tochter.

Gräffendorff [Ottilie die Hand reichend].

Frau Profeſſor — [Beide vermeiden es einander anzuſehen.]

Paula.

Gnädige Frau —

Gräffendorff.

Wie ſchade, Ihr Mann iſt nicht zu Hauſe —

Ottilie [kühl].

Er wird ohne Zweifel bald zurück ſein. Vom Tiſch eilte er weg, um bei einem Patienten, an dem er dieſen Morgen eine gefährliche Operation vorgenommen, einen kurzen Beſuch zu machen.

Gräffendorff.

Er iſt immer noch derſelbe. Es iſt ſträflich von ihm, ſich nie Ruhe zu gönnen. Er untergräbt ſeine Geſundheit! [Norbert die Hand reichend.] Wie geht's, guter Norbert? [Mathias ſetzt noch zwei Taſſen auf den Tiſch.]

Norbert.

Danke, vortrefflich.

Ottilie [einen liebevollen Blick auf Norbert werfend].

Ich wollte, er ſagte die Wahrheit! [Ottilie tritt an den Tiſch, ladet zum Sitzen ein. Sie rückt, da Gräffendorff neben ihr Platz nimmt, unwillkürlich von ihm weg.]

Norbert.

Ich ſage immer die Wahrheit.

Ottilie.

Er hat leider nicht die Nerven von Stahl, wie ſein Vater. [Gießt Kaffee ein, reicht Gräffendorff und Paula eine Taſſe.]

Als Manuscript gedruckt.

Paula [sich setzend].

Ich glaube, Herr Norbert paßt eigentlich nicht für den ärztlichen Beruf.

Norbert.

Ich danke Ihnen für das Compliment, mein Fräulein.
[Setzt sich neben Paula.]

Paula.

O ich meine nur, daß Sie ein zu weiches Herz haben. Sie empfinden zu viel Mitgefühl.

Norbert.

Glauben Sie, daß es meinem Vater daran mangelt? Fragen Sie die Mutter. Wie oft haben wir in seinen Augen Thränen gesehen, wenn er von manchem unglücklichen Patienten sprach. Dennoch wird sein Auge, seine Hand nie zucken, wenn er ans Krankenbett oder an den Operationstisch tritt. Fest und sicher steht er da, wie aus Erz gegossen.

Paula.

Mir graut! [Steht auf und geht nach links.]

Gräffendorff.

Das ist's gerade, was meinen Freund zu dem weltberühmten Operateur gemacht hat.

Paula [vorgehend, zu Norbert, der ihr folgt].

Soll ich's Ihnen gestehen, Herr Norbert? Wenn Ihr Vater mich anblickt, so wird mir immer ganz bange ums Herz.

Norbert.

Es geht Vielen so. Aber vernehmen Sie jetzt eine Nachricht, die Sie erfreuen wird.

Paula.

Lassen Sie hören!

Norbert.

Vetter Leo ist heut von seiner [ironisch] Studienreise zurückgekehrt.

Paula.

Er hat schon einen Besuch bei uns gemacht.

Norbert

Das hätte ich mir denken können. Nun — Sie werden das Vergnügen haben, Leo heut noch bei uns zu sehen.

Paula.

Ich bin entzückt!

Norbert.

Davon bin ich überzeugt.

Paula.

So? Vielleicht sagte ich das aber nur, um rascher mit dieser Sache fertig zu werden.

Norbert.

Wieso?

Paula.

Wenn ich gesagt hätte, daß Ihre Mittheilung mich kalt läßt, würden Sie mir ja nicht geglaubt haben. [Steigt die Stufen des Erkers hinauf.]

Norbert.

Das geb' ich zu

Paula.

Sehen Sie, daß ich recht hatte. [Durchs Fenster blickend.] Ah, da kommt sie: Miß Clark, meine neue Gesellschafts- oder Anstandsdame. Sie bringt mir Bescheid. Das ist die englische Gouvernante, wie sie, im Buche steht. Bei Tisch sollten Sie sie ein mal sehen, wie sie, wenn der Diener servirt, gemessen ihren Teller füllt, und dann feierlich, stets mit krampfhaft geschlossenen Lippen kaut. [Macht alles vor.] Himmlisch! Entschuldigen Sie mich einen Augenblick!

Norbert.

Gestatten Sie, mein Fräulein —! [Reicht ihr seinen Arm.]

Paula.

Sieh' da, Herr Doktor! Und Sie behaupten immer — nicht galant sein zu können. [Nimmt seinen Arm, geht mit ihm ein paar Schritte.] Halt, mein Herr — gleichen Schritt! Rechten Fuß vor. Eins - zwei! Eins—zwei! So! [Beide durch die Mitte ab.]

Als Manuscript gedruckt.

Vierte Scene.

Ottilie. Gräffendorff.

Gräffendorff [nach einer kleinen Pause, mit sichtlicher Befangenheit].

So gesprächig und heiter hab' ich Paula nicht gesehen, seit sie die Pension verlassen hat.

Ottilie.

Ihre Tochter verlebt wohl recht viele einsame Stunden.

Gräffendorff.

Ich glaube nicht, daß sie sich je langweilt.

Ottilie.

Es fehlt ihr wohl auch nicht an Besuchen —

Gräffendorff.

Meine Tochter ist keine Freundin davon.

Ottilie

Es kommt wohl auf die Besuche an. Mein Vetter Leo spricht ja häufig bei Ihnen vor.

Gräffendorff.

Allerdings. Diese Bemerkung ist übrigens nicht so gemeint, wie es den Anschein hat.

Ottilie.

Das verstehe ich nicht.

Gräffendorff.

Verzeihung — Sie verstehen mich wohl. Es kann Ihnen ja keinesfalls entgangen sein, daß meine Tochter, wenn sie sich mit Ihrem Sohne unterhält, eine muntere Laune entwickelt, deren man sie gar nicht fähig hielte.

Ottilie [kalt].

Was will das sagen? Das Mädchen hat in der Pension wohl nur selten mit jungen Herren verkehrt. Umso eifriger greift sie daher zu, wenn sie Gelegenheit findet, ein wenig zu tändeln.

Gräffendorff (verletzt).

Wie bitter thun Sie ihr Unrecht! Groll und Vorurtheil haben Ihren Blick getrübt. Doch nein! Es ist gar nicht möglich, daß Sie wirklich diese Meinung von ihr haben.

Ottilie (in verletzendem Ton).

Warum nicht möglich?

Gräffendorff.

Weil Sie — (unterbricht sich) doch nein! (Erregt.) Seien Sie versichert, daß ich nichts unversucht gelassen habe, um das Interesse, das sich bei Paula für Ihren Sohn entwickelte, zu unterdrücken.

Ottilie (sarkastisch).

Ah, wohl darum benützen Sie — meinem Wiederwillen zum Trotz — jede Gelegenheit, Ihre Tochter mit Norbert zusammenzubringen! (Steht erregt auf, geht nach rechts.)

Gräffendorff (ihr folgend).

Das ist nicht richtig: ich wich aus, so oft es sich machen ließ. Aber wer vermöchte Ihrem Gatten auf die Dauer mit Nein zu antworten, wenn er in seiner herzgewinnenden Art ladet und drängt. Und Paula? Nun ja, ich kann dem guten Mädchen nur schwer eine Bitte abschlagen. Sie fühlte sich so wohl in Ihrem Hause. Ueberdies war ich völlig beruhigt. Ich hielt Paula für so gut wie mit Leo Malchow versprochen. Ich glaube fest, daß kein Anderer ihm je Paula's Herz würde abwendig machen.

Ottilie (erschrickt).

Und heut? Sind Sie heut nicht mehr dieser Meinung?

Gräffendorff.

Nein, heut weiß ich —

Ottilie (athemlos).

Was wissen Sie?

Gräffendorff (ergriffen).

Paula liebt Ihren Sohn. Und er —

Ottilie.

Norbert?

Ottilie.

2

Gräffendorff.

Norbert erwidert Paula's Liebe.

Ottilie (haftig nach links gehend.)

Nein, nein, es kann nicht sein! Eine Täuschung ist's, eine Laune!

Gräffendorff.

Er liebt Paula — liebt sie leidenschaftlich!

Ottilie.

Diese Verbindung werde ich nie, niemals zugeben! Durch Bande der Verwandtschaft soll ich mit Ihnen mit einem Manne verknüpft werden, den ich (mit einem flammenden Blicke auf Gräffendorff) verabscheue! Nimmermehr! (Setzt sich auf einen Stuhl im Erker.)

Gräffendorff.

Mögen Sie mich, mögen Sie mein Kind immerhin verab-scheuen, uns hassen, aber Ihr Sohn? Soll auch sein Lebensglück geopfert werden! Soll er büßen — für fremde Schuld, für eine Schuld, die längst gesühnt ist?

Ottilie.

O Gott, o Gott, der Himmel straft mich schwer!

Gräffendorff (näher tretend, mit gedämpfter Stimme).

Ich bin im innersten bewegt, aufs tiefste erschüttert! Ist es nicht seltsam, wie eine Fügung! Ihr Sohn, meine Tochter —! Dieselbe magische Gewalt, die einst unsere Herzen zusammen-geführt —

Ottilie (hat ihn vor Entsetzen sprachlos angestarrt; sich rasch erhebend).

Halten Sie ein! Wagen Sie es nicht, mich an jene Zeit der Erniedrigung, der Schmach zu erinnern!

Gräffendorff.

Ottilie!

Ottilie.

Schweigen Sie! Denken Sie an Ihren Schwur!

Gräffendorff.

Ich hab' ihn gehalten! Jahrelang habe ich schweigend Ihre Verachtung, Ihre Beleidigungen über mich ergehen lassen. Und mein Verkehr mit Konrad, diesem guten, edlen Menschen, der mit seiner herzlichen Freundschaft glühende Kohlen auf mein Haupt sammelte! Wahrhaftig, das war der Sühne genug für einen Augenblick des Glücks!

Ottilie.

Des Glücks? Des Verbrechens! O daß ich mich damals hatte abhalten lassen, mich meinem Gatten zu Füßen zu werfen und ihm alles zu entdecken.

Gräffendorff.

Und was dann? Sie hätten sein Leben damit zerstört, ihn zerschmettert!

Ottilie.

Still, still — mein Sohn und Paula!

Fünfte Scene.

Vorige. Paula, Norbert. Später Mathias.

Paula [Norbert gravitätisch am Arm hereinführend].
So, mein Herr.

Norbert (lachend).
Ah, ich verlasse den schönen Platz nicht!

Paula.

Es muß sein. Das ist Menschengeschick. [Sie trennen sich.] Ach, ich schäme mich nun fast. Ich war recht ungezogen.

Ottilie [sich mühsam fassend]

Was hat sich denn ereignet?

Norbert (lachend).

Es war köstlich!

Paula.

Papa, du wirst morgen früh einen Bericht erhalten — hu!

Gräffendorff.

Was hat's denn gegeben?

2*

Paula.

Mach' dich auf Unerhörtes gefaßt. Als ich in den Vorsaal kam, nahm mich Miß Clark bei Seite und raunte mir ins Ohr, [Miß Clark's Haltung und Sprechweise nachahmend.] sie fände es außerordentlich unschicklich für ein junges Mädchen, sich bei einem Gang durch die Zimmer von einem Herrn unter den Arm nehmen zu lassen. Setzen Sie nun den Bericht fort, Herr Norbert — ich finde nicht den Muth dazu.

Norbert.

Ach, Mutter, ich habe so herzlich lachen müssen!

Ottilie.

Es freut mich, Norbert, dich so heiter zu sehen.

Norbert.

„My dear Miss Clark!" erwiderte Fräulein Paula ernsthaft und laut auf die im Flüsterton erhaltene Belehrung. „Thank you for your lesson. Von nun an werde also i ch den H e r r n immer unter den Arm nehmen!" Fräulein Paula spricht's und nimmt mich unter den Arm. [Lachend]. Aber die Miene der Entrüstung von Miß Clark muß man gesehen haben, beschreiben läßt sich so was nicht.

Gräffendorff.

Ein solches Aergernis gibt meine Tochter? [Nimmt sie am Ohr.]

Mathias [durch die Mitte].

Herr Rath Kreffer ist gekommen. Er ist ins Wartezimmer eingetreten.

Ottilie.

Sagen Sie dem Herr Rath, ich ließe bitten —

Norbert [giebt Mathias einen Wink. Leise zu Ottilie].

Nur dieses e i n e Mal möcht' ich allein bleiben mit Paula [Da Ottilie zögert]. Mutter — ich bitte dich herzlich darum.

Ottilie [wirft einen theilnahmsvollen Blick auf Paula, dann sich umwendend].
Mathias, der Rath ist allein gekommen?

Mathias.

Allein, Frau Professor.

Norbert [laut, bittend].

Nicht eintreten lassen, Mutter! Man wird ihn so schwer wieder los.

Ottilie [lächelnd, ihm einen leichten Schlag gebend].

Lästerzunge! Nun gut, ich suche ihn auf. [Sieht Gräffendorff fragend an.]

Gräffendorff.

Wenn Sie gestatten, schließe ich mich Ihnen an.

Ottilie.

Bitte! [Mathias öffnet rechts die Thür; sie gehen ab.]

Sechste Scene.

Paula. Norbert.

Norbert.

Sie hätten es vielleicht vorgezogen, Ihren Papa zu begleiten.

Paula.

Warum?

Norbert.

Um sich mit mir nicht zu langweilen.

Paula [rasch].

Auslöschen — ah, verzeihen Sie: Pensions-Jargon. Bedeutet soviel wie zurücknehmen.

Norbert.

Danke, das muß ich mir merken. Weshalb soll ich aber meine Bemerkung zurücknehmen — ah, auslöschen?

Paula.

Hm —! Soll ich Ihnen sagen, wie wir Mädchen in der Pension dergleichen Bemerkungen zu nennen pflegten?

Als Manuscript gedruckt.

Norbert.

Auch im — Pensionats-Jargon?

Paula.

Ja wohl. Wir nannten das: „hohle Hände machen".

Norbert.

Hohle Hände?

Paula.

Nun — wann macht man denn hohle Hände? [Geberde.] Wenn man gerne etwas bekommen oder was auffangen möchte. Zum Beispiel, den Ball beim Ballspiel, oder Süßigkeiten —

Norbert.

Ach so. Ich protestiere! Ich hatte bestimmt nicht die Absicht, ein Kompliment zu provozieren.

Paula.

Sie fürchteten doch nicht im Ernst, daß ich mich mit Ihnen langweilen könnte.

Norbert.

Ah, da fällt mir ja doch ein Kompliment zu. [Sich tief verneigend.] Meinen wärmsten Dank!

Paula.

O, das war durchaus kein Kompliment. Ein paar Monate ist's erst, daß ich die Pension verlassen habe. Mir erscheint noch alles so neu! Ich bin gar nicht imstande, mich mit Jemand zu langweilen.

Norbert.

Wenn dieser Jemand Sie aber mit seiner Langenweile förmlich erdrückt? Es giebt solche Menschen.

Paula.

Ah, dann würde ich zu ergründen suchen, wodurch dieser Mensch so auf mich wirkt. Da amüsierte ich mich erst recht.

Norbert.

Ah —? Mein Fräulein, den wärmsten Dank von vorhin — den lösch' ich aus!

Paula.

Schön. Nun sagen Sie — ist das nicht bequem?

Norbert.

Außerordentlich.

Paula.

Diese Redensart ist von mir. Beim Zeichnen kam ich darauf. Wenn man da einen Fehler gemacht hat, ist es so angenehm, ihn mit dem Gummi geschwind auszulöschen. Man sollte sich auch im Leben auf ähnliche Art helfen können.

Norbert.

Das wäre prächtig. So oft man was gethan hat, was einen reut — geschwind löscht man's aus.

Paula (gekränkt).

Ah, Sie hänseln mich. (Sich ereifernd) Ich meine ja im Gespräch. Der — der Fluß der Rede —

Norbert.

Wird mitunter zum reißenden Strom —

Paula.

Ganz recht. Und bevor Sie sich versehen, haben Sie eine Dummheit gesagt.

Norbert.

Eine riesige Dummheit.

Paula.

Ja, eine riesige Dummheit! (Erschreckend) O — ich bitte um Verzeihung!

Norbert.

Keine Ursache, mein Fräulein. Man ruft in einem solchen Falle ganz einfach mit Stentorstimme: ausgelöscht! Das wäre ohne Zweifel außerordentlich praktisch!

Als Manuscript gedruckt.

Paula.

Ja! [Nach kleiner Pause.] Wissen Sie was, Herr — Herr Norbert — wenden wir dieses praktische Mittel — gleich auf unser ganzes Gespräch an.

Norbert.

Weshalb denn?

Paula.

Ich schäme mich. Ich bin viel zu alt, um so kindisch schwatzen zu dürfen. Zumal mit einem Arzt, mit einem angehenden Gelehrten. Sie werden mich für recht unbedeutend halten.

Norbert.

Ah — Sie machen „hohle Hände!"

Paula.

Wahrhaftig nicht. Umsoweniger durfte ich es mir gestatten, als Sie einen gewöhnlich furchtbar ernst und durchdringend ansehen. Grade wie Ihr Vater. Förmlich pathologisch oder diagnostisch!

Norbert [lachend].

Nein!

Paula.

Ja, ja. Sehen Sie — s o l ch e Augen machen Sie!

Norbert 'wie oben'.

Nicht möglich! Ach bitte, zeigen Sie mir das noch einmal.

Paula.

Keinen Spott, mein Herr. Uebrigens — bin i ch trotz alledem fest überzeugt, daß Sie dennoch kein Feind von Humor und Fröhlichkeit sind.

Norbert.

Hab' ich das nicht schon oft genug gezeigt?

Paula.

Nun o f t genug grade nicht. Ach, Sie können ja gar nicht ahnen, wie wohl mir's thut — nach dem drückenden Zwang des

Pensionats — so recht die Flügel regen zu können! Du lieber Himmel, war das eine trostlose Zeit!

Norbert.

Na, na, na — ab und zu gab's doch auch manchen interessanten Besuch —

Paula.

Besuch?

Norbert.

Einen Besuch Leo Malchow's, zum Beispiel, den die Sehnsucht nach seiner -— [lächelnd] Schwester — sehr oft nach dem Pensionat zog.

Paula.

Nun ja. Und er erschien immer in seiner Husaren-Uniform. Das war jedesmal ein Ereignis für uns junge Mädchen.

Norbert.

Insbesondere für Eine — oder die A n d e r e.

Paula.

Ich verstehe. Nun ja, ich leugne nicht, daß Leo mir gefiel. Aber das berechtigt Niemand, daraus Schlüsse zu ziehen.'

Norbert.

's ist eigenthümlich! Die Frauen — worunter ich auch die Mädchen verstehe -— haben Eins mit den Staatsmännern gemeinsam: daß sie, was morgen schon als Thatsache bekannt werden muß, heut noch gern — dementiren.

Paula.

Erlauben Sie! Wenn ein Mädchen einen jungen Mann amüsant findet, gern mit ihm tanzt —

Norbert.

Und Leo tanzt vorzüglich.

Paula.

Himmlisch!

Als Manuscript gedruckt.

Norbert (bitter).

Und er ist überdies ein bildschöner Mensch und — last not least — enorm reich.

Paula.

Sie beleidigen mich!

Norbert.

Ausgelöscht!

Paula (gekränkt).

Daß Sie so etwas sagen konnten —!

Norbert.

Bitte, bitte, es ist ausgelöscht.

Paula (lächelnd).

Also weiter . . . Ist mit alledem bewiesen, daß jenes Mädchen die Bewerbung ernst nimmt?

Norbert.

Wie aber, wenn der junge Mann seinen Bekannten unumwunden erklärt, daß er im Begriffe stehe, sich mit jenem Mädchen — zu verloben?

Paula (erzürnt).

Was sagen Sie da? Leo — (sich bessernd) Herr Lieutenant Malchow hätte sich das wirklich erlaubt?

Norbert.

Allerdings, Fräulein Paula. Ich verrathe kein Geheimnis damit.

Paula.

Ah — ich bin außer mir Eine solche Dreistigkeit! Den will ich zur Rede stellen. Ihnen aber, Herr Norbert, bin ich außerordentlich verpflichtet, (gibt ihm die Hand) daß Sie mich davon unterrichtet haben.

Norbert (bewegt).

Fräulein — liebes Fräulein Paula —!

Paula.

Was ist Ihnen? Ihre Hände sind wie Eis! Sie fühlen sich nicht wohl!

Norbert (sich über die Stirn streichend).

Wohler als je! (Athmet tief auf.)

Paula.

Setzen Sie sich. Wie Sie mich erschreckten! Ah, ich weiß: Sie haben wieder die ganze Nacht im Krankenhause zugebracht.

Norbert.

Fiel mir nicht ein.

Paula.

Leugnen Sie es nicht. Ich erfuhr es von Mathias. (Verlegen.) Ganz zufällig. Sie arbeiten, Sie studieren zu viel. Sie schaden Ihrer Gesundheit.

Norbert.

Finden Sie nicht, daß einen solchen Vater zu haben — verpflichtet?

Paula.

Ja! O ja! (Ergriffen.) O Sie sind glücklich. (Drückt die Hand an die Augen, wendet sich rasch ab. Notenfeud.) Aller — allerliebst ist dieses Bild dort.

Norbert (theilnahmsvoll).

Ja, es ist wirklich allerliebst.

Paula (wieder heiter).

Und daß Sie es nur wissen, Herr Norbert — ich dulde es nicht, daß Sie Ihre Gesundheit zerstören. (Lauscht.) Ah — da höre ich Ihren Papa. Er kommt mir eben recht. Ich verklage Sie bei ihm.

Norbert (lachend).

Da bin ich ganz ruhig.

Paula.

Sie bauen wohl darauf, daß ich mich vor seinen Augen fürchte. Verrechnet! Ich kenne ein gutes Mittel. Ich seh' ihn beim Reden nicht an. (Drohend, in energischer Haltung.) Warten Sie!

Als Manuscript gedruckt.

Siebente Scene.

Vorige. Mathias, Gregorius.

Mathias [die Mittelthür öffnend, mit gedämpfter Stimme rufend].

Der Herr Professor ist gekommen. [Gregorius die Briefe und Depeschen überreichend.] Bitte, Herr Professor.

Gregorius [überfliegt einen Theil derselben, behält einen Brief in der Hand, übergiebt alles Uebrige Mathias]

Auf mein Zimmer! [Mathias ab. Nach kleiner Pause, sichtlich vergnügt] Sieh' da — mich dünkt, ich habe da ein Tête-à-tête gestört. Was würde Leo an meiner Stelle sagen!

Paula [zur Rechten des Professors, rasch].

O Herr Professor ich — [Blickt Gregorius an, verstummt.]

Norbert [zur Linken des Professors, nahe an ihn herantretend, leise].

Vater —!

Gregorius.

Na? [Einen Blick auf Paula werfend, leise.] Du blickst ja so hoffnungsvoll drein?

Norbert.

Ich glaube — nicht ohne Berechtigung.

Gregorius.

Bravo, mein Sohn, das hör' ich mit Freuden.

Norbert.

Später! [In verändertem Ton, halblaut.] Und jene schwierige Operation, Vater? Ist sie also gelungen?

Gregorius.

Ich bin zufrieden. Ein hartes Stück Arbeit. [Wischt sich, aufathmend, über Stirn und Augen. Dann heiter.] Na, meine liebe Paula — geben Sie mir doch die Hand.

Paula [die die halblaut gesprochenen Worte gehört hat, beklommen].

Ja — Herr Professor. [Sie zuckt bei der Berührung mit seiner Hand zusammen, blickt halb mit Grauen, halb mit Ehrfurcht auf dieselbe, beugt sich unwillkürlich über sie.]

Gregorius [rasch seine Hand senkend].

Paula — was thun Sie!

Paula.

Verzeihung! Beim Anblick dieser Hand, die der Menschheit, den Unglücklichen — —!

Gregorius [sie unterbrechend, rauh].

Willst du wohl —! [Weich.] Nein, nein! [Nimmt ihren Kopf zwischen seine Hände.] Sie sind ein gutes Kind! [Küßt sie auf die Wange.

Paula [andächtig die Hände faltend].

Ich danke Ihnen!

Gregorius [auflachend, ihr nachahmend].

Ich danke Ihnen! Wenn man ein schönes Mädchen küßt, und sie dankt einem dafür ganz feierlich — das ist recht bitter! Aber nun fort mit dem wehmüthigen Zug da im Gesicht. [Zu Norbert.] Daran sind aber nur wir mit dem dummen Schwatzen über unser Handwerk schuld. [Zu Paula.] Weg da mit den Falten! Nicht allzu viel um fremdes Leid kümmern — das ist ungesund und bringt keinen Dank.

Norbert.

Ja, Vater. Diese Lehre solltest gerade d u am meisten beherzigen.

Gregorius.

Halt's Maul. Na, Paula, jetzt aber auf der Stelle fort mit den Wolken. [Streichelt ihr die Wange.] Ich will Sonnenschein haben. Rasch, liebe Sonne, komm' hervor! [Sie lächelt, schlägt die Augen auf.] So ist's recht! [Schlägt sie mit dem Brief zärtlich auf die Wange, wird dadurch daran erinnert.] Ja so! [Wendet sich ab, liest.]

Paula [zu Norbert — Beide links].

Wie lieb, wie freundlich Ihr Papa sein kann. Jetzt hab' ich nicht die geringste Furcht mehr vor ihm.

Norbert.

Um so besser. Sie wollen mich ja bei ihm verklagen.

Als Manuscript gedruckt.

Paula.

Gut, daß Sie mich daran erinnern. [Richtet sich empor.

Norbert [sie sanft vorschiebend].

Also ans Werk.

Paula.

Gern. Aber der Herr Professor liest ja eben.

Gregorius.

Sie wünschen etwas, mein Kind?

Paula [muthig, energisch, aber immer mit niedergeschlagenen Augen].

Ja, Herr Professor.

Gregorius [vortretend].

Lassen Sie hören. [Blickt ihr ins Gesicht.]

Paula.

Herr Professor, ich möchte Sie darauf aufmerksam machen daß — [Blickt ihn plötzlich an, verstummt.]

Gregorius [nach einer Pause].

Nun, liebes Kind?

Paula [den Blick von seinen Augen nicht abwendend, bekommen].

Daß — daß —! [Stößt einen Seufzer aus, mühsam] Später, man wartet auf Sie.

Gregorius.

Also später! [Kneift sie in die Wange, wendet sich nach rechts.]

Achte Scene.

Vorige. Ottilie, Gräffendorff, Mathias.

Gräffendorff.

Mein Theurer!

Gregorius.

Grüß Gott, Hermann. [Reicht ihm die Hand, wendet sich dann rasch zu Ottilie, deren Hände er innig drückt.] Da bin ich endlich, liebes Kind.

Ottilie [ihn zärtlich über die Stirn streichend].

Wie du dich plagst —

Gregorius.

Bah! [Ottilie hängt sich zärtlich an seinen Arm. Zu Gräffendorff.] Ich danke dir herzlich, lieber Alter, für deine gestrige unerwartete Sendung. [Ottilie nähert sich Norbert und richtet — Beide blicken dabei Paula an — Fragen an ihn. Norbert antwortet, ab und zu freudig lächelnd, küßt Ottilie schließlich verehrungsvoll die Hand.] Ottilie mußte mir gestern Abend noch alles vorspielen — herrlich! Die Arie Manfred's; sein Duett mit Laura, das Finale - Gelungeneres hast du noch nicht geschaffen.

Gräffendorff.

Dein Lob macht mich glücklich. Du weißt, was für große Stücke ich auf dein Urtheil halte.

Gregorius.

Nun wünsche ich dir noch von Herzen, daß es dir gelinge, auch die übrigen Akte der Oper auf der gleichen Höhe zu erhalten.

Ottilie.

Entschuldige die Unterbrechung, Konrad, aber du mußt nochmals zu Tisch kommen. [Nimmt ihn an ihren Arm, will ihn nach links fortziehen.]

Gregorius.

O ich esse nichts mehr.

Ottilie.

Du mußt.

Gregorius.

Nein, nein, ich kann nicht mehr. Uebrigens warten noch mehrere Leute auf mich.

Ottilie.

Vorher mußt du dich aber noch stärken.

Gregorius.

Nein — ich könnte jetzt keinen Bissen hinunter bringen.

Als Manuscript gedruckt.

Ottilie.

Du mußt's versuchen. Ein zartes, saftiges Stückchen Huhn, oder ein Stückchen Lachs? [Gregorius schüttelt brummend den Kopf.] Wenn ich dich schön darum bitte! [Streichelt ihm die Wange.]

Gregorius.

Quälgeist!

Ottilie.

Du hast dich heut schon so geplagt. Erinnere dich an deine Worte: die Lampe braucht Oel.

Gregorius.

Da hat man's. Mit seinen eigenen Waffen muß man auf sich zuschlagen lassen.

Ottilie.

Warte einmal, Konrad. Was hältst du von einer Schnitte Weißbrot mit frischem, grobkörnigem Kaviar? Und dazu ein Glas süßen, perlenden, tüchtig frappierten Sekt.

Gregorius.

Hm — das wäre allerdings nicht übel.

Ottilie.

Mathias! [Giebt Mathias, der sich genähert, ein Zeichen.]

Gregorius.

Halt! Der Fisch hat noch nicht angebissen.

Ottilie.

O ja, er zappelt schon.

Gregorius [zu Gräffendorff].

Hm — sie hat recht. Die Evastochter kennt meine schwache Seite. Ich bin eigentlich — im Vertrauen gesagt — ein ganz gemeiner Epikuräer.

Ottilie.

Du, Konrad?

Gregorius.

Ja, ich! Na vorwärts, Mathias — hurtig!

Mathias [ehrfurchtsvoll vertraulich].

Herr Professor —? [Streckt den Finger in die Höhe].

Gregorius [ihn auf die Achsel schlagend].

Zwei Bouteillen — natürlich! Soll ja auch für dich ein Glas übrig bleiben.

Mathias [protestierend].

O Herr Professor! [Durch die Mitte ab.]

Gregorius.

Der ist klug, der alte Bursch' — ich hab's immer gesagt! Inzwischen fertige ich die Wartenden ab. [Grüßt mit der Hand, dann nach rechts ab.]

Neunte Scene.

Vorige ohne Gregorius und ohne Mathias.

Norbert.

Fräulein Paula — warum haben Sie mich denn nicht verklagt?

Paula.

Ah — ich war so ungeschickt — Ihrem Papa in die Augen zu sehen.

Norbert.

Hätten Sie doch wieder weggesehen.

Paula.

Ach, das gieng nicht. Rein unmöglich.

Ottilie [hat mit Interesse zugehört].

Wovon ist denn da die Rede?

Norbert.

Von einem kleinen Scherz, Mutter.

Ottilie [zu Paula].

Mein Sohn hat mir da eben etwas mitgetheilt, was mich im höchsten Grade interessiert. Es hat Ihren Unmuth erregt, daß mein Vetter Leo uns mittheilte, er beabsichtige sich demnächst mit Ihnen zu verloben?

Paula.

Ich bin darüber empört, aufs tiefste gekränkt! Ich muß diese Mittheilung des Herrn Lieutenant Malchow geradezu als

Ottilie.

Als Manuscript gedruckt. 3

eine Anmaßung, als eine unerhörte Dreistigkeit bezeichnen, und Sie werden es mir daher nicht übel nehmen, gnädige Frau, wenn ich mir erlaube, ihn in Ihrem Hause, sobald er mir unter die Augen tritt, scharf zur Rede zu stellen.

Gräffendorff [der sie wiederholt zu unterbrechen versucht hat].
Dazu findet sich ein ander Mal bessere Gelegenheit.

Paula.

Nein Papa, nicht einen Tag, nicht eine Stunde darf diese Zurechtweisung aufgeschoben werden.

Ottilie

Ja, liebes Kind, da pflichte ich Ihnen vollständig bei.

Paula.

Du hörst es, Papa!
[Gräffendorff zieht sie beiseite, flüstert eindringlich mit ihr.]

Ottilie [gleichzeitig mit Norbert vorgehend, leise].
Norbert, ich bin ja — überaus angenehm überrascht.

Norbert [murmelnd].
Mutter — ich bin so glücklich!

Paula [energisch und laut].
Nein, lieber Papa, verzeih' — dabei muß es bleiben!

Ottilie [sich umwendend, Paula entgegen].
Sehr gut, vortrefflich! [Sie an den Händen fassend] Diese Entschlossenheit gefällt mir von Ihnen, liebe Paula.

Paula.

O gnädige Frau, Sie bereiten mir eine so große Freude!
[Preßt Ottilie's Hände ans Herz]

Ottilie.

Ja womit denn?

Paula.

Indem Sie nicht mehr Fräulein, sondern kurzweg Paula zu mir sagen — das klingt so herzlich.

Ottilie [gerührt].

Sie l i e b e s Kind! Bei meiner Seele — Sie sind ganz anders, als ich dachte.

Paula.

O gnädige Frau!

[Will ihr die Hand küssen — Ottilie umarmt sie.]

Norbert [links am Erker].

Ein Wagen hält. Das ist Leo! [Blickt durchs Fenster.] Ja wohl, er ist's!

Paula.

Der unverschämte junge Herr soll mich bereit finden.

Gräfendorff.

Ich wiederhole dir, Paula —!

Paula.

Papa, es m u ß geschehen!

Ottilie.

Hören Sie mich an, liebes Kind. Sie sind in der That zu sehr erregt. Ueberlassen Sie die Angelegenheit m i r.

Gräfendorff.

Das wäre außerordentlich freundlich von Ihnen.

Paula.

Sie sind so gütig gegen mich —

Ottilie.

Also abgemacht? Er erhält seine Zurechtweisung durch mich!

Paula [zögert — Gräfendorff macht eine energische Geberde].
Also ja, gnädige Frau. Wenn Sie wirklich die Güte haben wollen —

Ottilie.

Glauben Sie mir, es ist besser so.

Zehnte Scene.

Gregorius.

Ohne Umstände, Leo — Sie werden Niemand erschrecken. [Wendet sich zu Gräffendorff.]

Leo [seine Mütze auf den Stuhl bei der Thür legend].

Das will ich hoffen. [Allen die Hand gebend.] Verehrte Cousine! Herr Direktor! [Zu Norbert.] Wie geht's? [Sich Paula nähernd] Liebste Paula —!

Paula.

Wie sagen Sie —?

Leo.

Ah — Sie sind schlecht gelaunt? [Ceremoniös grüßend.] Mein Fräulein! [Heiter.] Na geben Sie mir doch die Hand. Aber auch die zweite. Eine allein spürt man kaum.

Paula [sich abwendend.]

Danke! Danke!

Leo [leise].

Was ist Ihnen denn?

Gregorius.

Sagt, Kinder, habt Ihr denn gar kein Herz für mich hung- rigen Greis? Wollt Ihr mich im Ernste verschmachten lassen?

Ottilie.

Bravo, Konrad, das läßt sich hören!

Gregorius.

Also vorwärts! Leo — thun Sie, was Sie nicht lassen können, Sie privilegirter Hofmacher: der Hausfrau den Arm. [Paula an sich ziehend.] Ich begnüge mich mit dieser Kleinen da.

Leo.

Verehrte Cousine —

Ottilie [nimmt Leo's Arm. Sich erinnernd].

Ah, Norbert — [Halblaut.] Geht voran.

Norbert.

Ja wohl, Mutter.

Ottilie [laut].

Ich habe zwei Worte mit meinem Herrn Vetter zu reden. [Wirft Paula einen Blick zu. Leo sieht Beide prüfend an.]

Gregorius.

Z w e i Worte aus Frauenmund? Armer Leo! Er wird den Sekt warm kriegen. [Arm in Arm mit Paula links ab. Norbert und Gräffendorff folgen.]

Elfte Scene.

Ottilie. Leo.

Ottilie.

Wollen Sie sich nicht setzen?

Leo.

Sogar setzen? [Blickt nach links.] Mir wird bang.

Ottilie.

Na — diese Empfindung kennen Sie wohl längst nicht mehr. [Setzt sich auf den linken Stuhl am Mitteltisch.]

Leo.

Sie überschätzen mich, Cousine. [Setzt sich ebenda auf den rechten Stuhl.] Man hat mitunter Rückfälle.

Ottilie.

Ein Cyniker wie S i e — niemals.

Leo.

Ich — ein Cyniker! Es giebt wahrhaftig keine falschere Bezeichnung für einen Menschen wie ich, der den Luxus mit seinem Raffinement, mit seinen hundert einschmeichelnden Sächelchen geradezu anbetet, und nicht eines davon entbehren möchte.

Es handelt sich um — Paula Gräffendorff, die Sie schon vor Ihrer Abreise mit großem Selbstvertrauen als Ihre künftige Braut bezeichneten.

Leo [überrascht, in sichtlicher, sich allmählig steigernder Erregung].

Sprechen Sie, sprechen Sie, ich bitte Sie!

Ottilie.

Rund heraus gesagt: Paula fühlt sich durch Ihre zuversichtlichen Bemerkungen tief verletzt und erklärt, daß Sie überhaupt gar kein Recht hätten, sie als Ihre Braut in spe zu betrachten. Das erzürnte Mädchen würde, wenn ich ihr nicht meine Vermittlung angetragen, ja förmlich aufgedrängt hätte, Sie bei Ihrem Erscheinen scharf zur Rede gestellt haben.

Leo [ganz außer sich].

Ich bin starr! Erklären Sie mir doch —! Ah, erlauben Sie mir, Cousine: wieso kommt es denn, daß Sie Paula mit einem Male so warm in Schutz nehmen? Sollten Sie Ihre Meinung über das Mädchen — plötzlich geändert haben?

Ottilie.

Das kommt hier nicht in Betracht.

Leo.

Ah ich weiß Alles. [Aufstehend.] Frisch, verehrte Cousine, gestehen Sie es offen. Eines Tages, da langweilten Sie sich. Sie grübelten über allerlei nach, und da entdeckten Sie plötzlich in Ihrem Herzen — was entdeckt eine Frau nicht alles darin, wenn sie sich langweilt — daß Ihre Antipathie gegen das junge Mädchen eigentlich keinen triftigen Grund hätte. Die Frauen lieben ja die Gegensätze. Dasselbe Mädchen, gegen welches Sie bisher Ihren Sohn möglichst einzunehmen bemüht waren, schilderten Sie ihm von nun an als ein Ideal, ja Sie waren sogar darauf bedacht, wie es scheint, meine Abwesenheit weidlich für Norbert auszunützen. [Wirst sich wieder auf denselben Stuhl.]

Ottilie.

Auf Ihre Sarkasmen erwidere ich kein Wort. Aber Eines sage ich Ihnen ganz unverhohlen: ja, meine Meinung über Paula hat sich ganz zu deren Vortheil geändert. Aber, wohl gemerkt, erst h e u t ist dies geschehen. Eben j e t z t, als ich erfuhr, daß Paula Sie n i c h t liebt. Und ich beglückwünsche das gute Mädchen dazu.

Leo [erbittert, sich mühsam beherrschend, mit einer Verneigung].

Ich danke Ihnen! [Steht auf. Vorgehend.] Und weshalb beglückwünschen Sie sie dazu?

Ottilie.

Weshalb? Weil ich einen Menschen, der sich nicht ohne Grund den Ruf eines gefährlichen Don Juan erworben hat, nicht für fähig halte, einem unschuldsvollen Geschöpf wie Paula das Los einer glücklichen Ehe zu bereiten.

Leo [erregt].

Eine Ansicht wie diese sprechen S i e mir aus, eine Dame von Geist, von Welt! Daß doch die Menschen Tugend und Moral dort immer am strengsten fordern, wo sich's um Andere handelt.

Ottilie [aufstehend].

Was wollen Sie damit sagen! [Geht nach links vor]

Leo.

Nichts, was eine Dame verletzen könnte, die so unnahbar dasteht, daß die Medisance sich nie an sie herangewagt hat.

Ottilie.

Danke. Ihren Arm, Vetter. [Deutet nach der Thür links.]

Leo.

Nur eine Frage gestatten Sie mir noch. [Sie links zum Sitzen einladend.] Bitte. Ich bitte schön! [Ottilie setzt sich zögernd auf die Chaise longue — er setzt sich ihr zur Linken auf den Lehnsessel.] Nehmen wir an, Sie besäßen eine Tochter — und ich bewürbe mich um das Mädchen. Würden Sie auch dann jenen strengen Standpunkt einnehmen?

Ottilie.

Gewiß!

Leo.

Das ist nicht wahr — verzeihen Sie, nicht möglich! Sie besitzen, verehrte Cousine, ein so lebhaftes, ja enthusiastisches Naturell, die edle Fähigkeit, sich für Poesie und Kunst, für alles Gute und Schöne wahrhaft zu begeistern. Ihr Gatte ist die Treue, die Herzensgüte in Person, das Muster eines Ehemannes. Trotzdem — [rasch, halblaut] vielmehr e b e n d a r u m [wieder laut] ist mit Sicherheit anzunehmen —

Ottilie.

Nun?

Leo.

Daß Sie — [sich verbeugend, leicht, durchaus nicht im verletzenden Ton] gar manche Augenblicke erlebt haben, in denen Sie — über derlei Fragen weniger streng urtheilten als heute.

Ottilie [immer unruhiger].

Mir ist bisher nur Eins klar geworden. Die Kunst, interessant zu plaudern, haben Sie, seit ich Sie nicht gesehen — verlernt.

Leo.

Nicht so ganz, wie Sie gleich finden werden. Ich fahre in meiner Erörterung fort und gestatte mir nur eine kleine Zwischen= bemerkung. Ich halte die Meinung für falsch, daß Geheimnisse v e r rathen werden — sie werden meistens e r rathen.

Ottilie.

Das heißt, man greift eine Sache aus der Luft.

Leo.

Ah bewahre — man bleibt hübsch auf dem realen Boden; man geht sorgfältig prüfend, tastend, alle Umstände zusammen= fassend, dabei vor. Gesetzt, man merkte in der Lebensführung, in dem Verkehr einer vornehmen Dame eines Tages eine gewisse Ablenkung von der gewohnten Bahn. Ah — [klopft sich an die Stirn] mir fällt da eben ein treffendes Beispiel ein. Ich kenne eine vornehme Dame, die seit ihrer Verheiratung alljährlich einen Kurort und sodann ein Seebad zu besuchen pflegte. Da, eines Sommers — es dürften wohl sechs Jahre seitdem verstrichen sein — da erklärt jene Dame ganz unerwarteter Weise, daß ihre sonst so unerläßliche Badereise diesmal ganz überflüssig sei, und sie verbringt denn auch anscheinend völlig zufrieden den ganzen Sommer und den Herbst in ihrem ganz in der Nähe der Stadt befindlichen, allerdings recht behaglich eingerichteten Landhause.

Ottilie [mit erkünstelter Gleichgültigkeit].

Nun — und was wäre daraus zu folgern?

Leo.

Sehr einfach, liebste Cousine, daß irgend eine geheime Ursache an dieser auffälligen Störung, Ablenkung von der gewohnten Bahn Schuld sein müsse. Diese astronomischen Fachausdrücke bringen mir den berühmten Astronomen Leverrier in Erinnerung. Sie entsinnen sich wohl, durch welche interessante Entdeckung er sich einen Namen machte.

Ottilie.

Nicht ganz deutlich.

Leo.

Die Stellung des Planeten Uranus wies bekanntlich gewisse Perturbationen — Ablenkungen, Störungen — auf, die sich nicht erklären ließen. Das weckte die Neugier unseres Astronomen. Mit Argusaugen beobachtete er von nun an das seltsame Treiben des schönen Weibes — Pardon ... Sternes! Dann zog er seine Schlüsse und fing an zu rechnen. Er rechnete und rechnete. Schließlich gelangte er zu folgendem Resultat. An einer bestimmten Stelle des Himmels müsse sich ein verborgener Planet befinden, der die Ursache jener räthselhaften Ablenkungen sei. [Indem er ihr scharf ins Gesicht sieht.] Man suchte, suchte mit den größten Fernrohren und fand schließlich in der That einen bisher verborgen gebliebenen Planeten, denselben, der später den Namen Neptun erhielt. Ist das nicht interessant?

Ottilie.

Mein lieber Vetter — in die mathematischen Berechnungen der Herren Astronomen schleichen sich gar oft Fehler ein, und ihre ausgeklügelten Hypothesen sind in solchem Falle falsch.

Zwölfte Scene.

Vorige. Gräffendorff.

Gräffendorff [links zur Thür hineinrufend].

Längstens in einer Stunde bin ich wieder da. [Nimmt seinen Hut, nähert sich.]

Ottilie.

Sie besuchen das Konzert?

Gräffendorff.

Ja wohl, gnädige Frau. Die junge Künstlerin, die mir so warm empfohlen wurde, hör' ich mir an. Dann kehr' ich, mit Ihrer Erlaubnis, zurück.

Ottilie [bemerkt die bald auf Gräffendorff, bald auf sie gerichteten forschenden Blicke Leo's; befangen].

Soll uns freuen. [Giebt Gräffendorff die Hand.]

Gräffendorff [stutzt einen Augenblick].

Gnädige Frau — [Neigt sich tief über Ottiliens Hand, nickt Leo zu, entfernt sich.]

Leo [hat ihm nachgeblickt, schüttelt den Kopf, blickt Ottilie an. Vor sich hin.

Seltsam!

Gregorius [hinter der Scene].

Ottilie, wo bleibst du denn?

Ottilie.

Wir kommen schon. [Will Leo's Arm nehmen.]

Leo [nachdrucksvoll und boshaft lächelnd].

Ja, ja, verehrte Cousine, man suchte, suchte und fand — [mit einer Armbewegung gegen die Mittelthür] den Neptun! [Nimmt rasch seine Mütze, verneigt sich, rasch ab. Ottilie blickt ihm wie versteinert nach.]

Der Vorhang fällt.

Zweiter Akt.

Dieselbe Decoration.

Erste Scene.

Mathias, Gräffendorff; dann Gregorius.

Gräffendorff [den Hut in der Hand, dem Diener, der nach rechts geht, nachrufend].

Nein, Mathias — ich will den Professor nicht stören!

Mathias.

Aber ich bitte, Herr Direktor! [Rechts ab. Gleich darauf tritt Gregorius ein. Mathias, der ihm folgt, schließt die Thür, geht durch die Mitte ab.]

Gräffendorff.

Ich habe Mathias ausdrücklich gesagt, daß er dich nicht stören soll. Du hast Besuch.

Gregorius [ihm die Hand reichend].

Ah bah — nichts von Bedeutung. Eine Patientin ist da, die ich ausnahmsweise um diese Stunde verließ — eine Fremde, die morgen abreisen muß. [Ihm den Hut wegnehmend und hinten auf einen Stuhl setzend.] Setz' dich, Hermann!

Gräffendorff.

Wenn du aber zu thun hast —!

Gregorius.

Das geht ja dich nichts an. [Sieht auf die Uhr] Die Dame muß jetzt eine halbe Stunde ausruhen. [Drückt ihn auf den Stuhl

Als Manuscript gedruckt.

hinter dem Mitteltisch nieder, setzt sich bequem ihm zur Linken, zieht seine
Cigarrentasche hervor.] Da, mein Alter! Wir plaudern das halbe
Stündchen gemüthlich zusammen.

Gräffendorff.

Na, mir ist's angenehm. [Beide brennen sich Cigarren an.]

Gregorius.

Und nun leg' los.

Gräffendorff.

Ich bin eigentlich nur gekommen, um dir im Vorüber-
gehen einen Vorschlag zu machen. Wir haben wieder eine Ab-
änderung heut Abend. Ich habe den Don Juan angesetzt, deine
Lieblingsoper. Hättest du nicht Lust, meine Loge zu benutzen?

Gregorius.

Sehr gern. Aber ich weiß nicht, ob wir den Abend frei
haben. Uebrigens wird Ottilie bald zurück sein. So — und nun
geschwind zu Nummer zwei.

Gräffendorff.

Wieso vermuthest du —?

Gregorius.

Na, man sieht dir's ja an der Nase an, daß du irgend
was auf dem Herzen hast. Also frisch — heraus damit.

Gräffendorff.

Aber nein — ein ander Mal.

Gregorius [ihn scharf ansehend].

Hermann!

Gräffendorff.

Was denn? [Sieht verlegen weg, lächelt.] Es ist eigenthümlich
— man muß dir gehorchen. Na, du hast's vermuthlich auch
schon errathen, daß ich von deinem Sohn, von meiner Paula,
mit dir reden will. Seit gestern ist's wohl kein Geheimnis mehr
für uns, daß die Beziehungen zwischen unseren Kindern sich
[lächelnd] sehr herzlich gestaltet haben. Offen gestanden: mir ist
diese Wendung sehr unerwartet gekommen.

Gregorius [schmunzelnd].

Mir nicht. Aber fahre fort.

Gräffendorff.

Deiner Frau ist Paula bisher nicht sehr sympathisch gewesen —

Gregorius [klopft ihn auf die Schulter].

Ja, mein lieber Alter, du bist nun einmal in Ungnade bei Ottilie und infolgedessen —! Na, aber das fällt heut nicht mehr ins Gewicht, denn sie hat ihre Meinung über Paula, Gott sei Dank, gründlich geändert.

Gräffendorff.

Das freut mich herzlich. Nun denn, mein Liebster, Theuerster, die veränderte Sachlage legt mir die Pflicht auf — [nimmt ihn bei der Hand] mit dir, dem alten Freunde, ein offenes Wort zu reden.

Gregorius.

Laß hören.

Gräffendorff [zögernd].

Es ist dir bekannt, lieber Konrad, daß meine verstorbene Frau — allerdings — aus einer sehr wohlhabenden Familie stammte. Jedoch —

Gregorius.

Verzeih', Hermann, daß ich dich unterbreche. Es ist mir ebenso genau bekannt, daß du in Geldsachen seit jeher von einer geradezu kindlichen Naivetät und freigebig bis zur Narretei gewesen bist. Zum Kukuk, lieber Alter, ob Norbert deine Tochter gern hat, und sie ihn, darauf allein kommt's an. Die seelische und leibliche Gesundheit Paula's, ihr reines Gemüth, ihr gutes Herz, das bildet, glaube mir, die schönste Mitgift, die sie meinem Sohne ins Haus bringen könnte.

Gräffendorff [aufstehend, gerührt].

Freund — du guter — lieber Mensch — laß dich umarmen!

Gregorius.

Muß das sein?

Gräffendorff.

Ja, das muß sein.

Als Manuscript gedruckt.

Gregorius.

Also meinetwegen. [Steht auf — sie umarmen sich und setzen sich wieder.] Na Hermann, ist dir nun leichter?

Gräffendorff.

O gewiß — gewiß —

Gregorius.

Gewiß? Ah da steckt noch etwas. Hurtig heraus mit der Sprache.

Gräffendorff.

Ich bin eigentlich ein Vater, den man —

Gregorius.

Prügeln sollte. Mag sein. Käme aber ja doch zu spät. Du änderst dich nicht mehr, mein Junge.

Gräffendorff.

Sehr wahr. [Seufzt.] Siehst du, theurer Freund —

Gregorius.

Ja — ich h ö r e auch.

Gräffendorff.

Die Weiber, die Weiber! Verrückte Dinger! Meine — meine Freundin, eine so grundgescheite Person — ihre Eifersucht ausgenommen —! Du weißt ja, über vier Jahre ist's schon, daß wir unseren Herzensbund geschlossen, und jetzt bildet sie sich mit einem Male ein, der müsse, wenn Paula einmal vermählt sein würde, vor dem Altar besiegelt werden. Na was sagst du zu dem Verlangen, Konrad?

Gregorius.

Daß sie Recht hat! [Reicht ihm die Hand.]

Gräffendorff.

Aber handle ich denn da nicht unerhört rücksichtslos gegen meine Tochter?

Gregorius.

Durchaus nicht. Du wirst — das steht für mich fest — trotz deines glänzenden Einkommens ja doch keinen Groschen Vermögen hinterlassen.

Gräffendorff.

O — da irrst du sehr. Von jetzt an gedenke ich sparsam zu leben, wie ein Geizhals.

Gregorius [ihm über die Nase fahrend, brummend].

Halt's Maul, du schneidest auf! [Steht auf, geht vor.]

Gräffendorff [ergriffen, enthusiastisch].

Konrad, Konrad, was bist du für ein Mensch! [Drückt Gregorius' Hände.] Wie du mir's leicht gemacht hast! [In voller Rührung] Wahrhaftig, ich bin nicht werth, einen solchen Freund zu besitzen!

Gregorius [rauh].

Wirst du wohl —! Hör' einmal, wenn du mir sentimental wirst — werf' ich dich hinaus!

Gräffendorff.

Freund! Freund!

Gregorius [einen Augenblick stutzend].

Sag' mir doch nur, warum mit einem Mal eine gar so schwermüthige Adagio-Stimmung über dich kommt —! [Wieder heiter.] Warum? Weil du ein überspannter Patron, sit venia verbo, ein Halbnarr bist. [Klingelt.] So — das wäre zwischen uns erledigt. [Zu Mathias, der durch die Mitte kommt] Meine Frau ist zurückgekehrt?

Mathias.

Eben trat sie durch die Thür.

Gregorius.

Rufen Sie sie! [Mathias links ab] Erledigt, sag' ich. Kein Wort weiter über die Sache. Mit Niemand. Hörst du? Alles Uebrige wollen wir den jungen Leuten überlassen!

Gräffendorff.

Einverstanden! [Schütteln sich die Hände.]

Als Manuscript gedruckt.

Zweite Scene.

Gräffendorff, Gregorius. Ottilie und Paula von links.

Gregorius.

Ah da seid Ihr ja! [Begrüßung.] Na, nicht wahr, ein paar prächtige Sachen sind diesmal in der Ausstellung. [Zu Paula] Die beiden Griechinnen, was — ein entzückendes Bildchen!

Paula.

O es ist reizend!

Gregorius.

Liebes Kind, Freund Gräffendorff stellt uns seine Loge zur Verfügung. Haben wir den Abend frei?

Ottilie.

Lieber Konrad, wir müssen ja zum Diner bei —

Gregorius [sie unterbrechend].

Wahrhaftig! Also abschreiben! Wir hören uns lieber den Don Juan an, nicht wahr, liebe Paula? [Zu Gräffendorff] Du kommst doch auch in die Loge? Paula aber bleibt gleich bei uns und geht mit uns ins Theater. Vorausgesetzt, daß sie — will.

Paula [jubelnd].

Ob ich will, Herr Professor. [Will Ottilie die Hand küssen, die es nicht zuläßt und sie umarmt.]

Gregorius [zwinkernd zu Paula].

Schade, daß für Norbert kein Platz in der Loge ist.

Paula [sich ereifernd]

Aber Herr Professor, gewiß ist noch Platz für ihn. Man behilft sich, man rückt zusammen.

Gregorius [schmunzelnd].

So, so. Ja, ja, Sie haben recht. Na, Kinder, jetzt muß ich gehen. [Zu Paula komisch ernsthaft.] Sie glauben also, daß Norbert wirklich Platz findet? Na ja, man behilft sich, man rückt zusammen! [Lachend nach rechts ab.]

Dritte Scene.

Vorige, ohne Gregorius.

Ottilie [zögernd, ein wenig zur Seite tretend].

Herr Gräffendorff — ich hätte eine Frage an Sie zu stellen.

Gräffendorff [mit einem Blick auf Paula].

Ich stehe zu Diensten.

Paula.

Verzeihung, gnädige Frau, da Sie so freundlich sein wollen mich ins Theater mitzunehmen — dürfte ich mir erlauben Ihren Toilettetisch zu benützen? Ich muß mir das Haar ein wenig ordnen.

Ottilie.

Gewiß, liebes Kind. Aber Bertha soll Ihnen behilf= lich sein.

Paula.

Ich danke vielmals, ich bin so frei. [Grüßt, dann links ab.]

Vierte Scene.

Gräffendorff, Ottilie.

Ottilie [hastig, flüsternd].

Rasch, bevor wir gestört werden. Gestern Abend nach meiner Unterredung mit Leo — Sie merkten ohne Zweifel, wie erregt ich war —!

Gräffendorff.

Allerdings —

Ottilie.

Ich war außer mir. Dieses Gespräch — ich litt Folter= qualen! Sagen Sie mir nur schnell — o mein Gott, es ist —! Sagen Sie — Leo, mein Vetter Leo, war doch in jenem ver= hängnisvollen Jahre, in jenem unheilvollen Sommer ein noch ganz unerfahrener, kindischer, junger Mensch. Ist es denkbar, frage ich Sie, daß er damals durch irgend einen unglückseligen Zufall — Mitwisser jenes fluchwürdigen Geheimnisses geworden?

Ottilie.   **Als Manuscript gedruckt.**   4

Gräfendorff [erschrickt, faßt sich aber schnell].

Unmöglich — das ist ganz und gar unmöglich!

Ottilie.

Ich habe Ihnen eines Morgens einen Brief, ja ja, einen in fliegender Eile, in namenloser Aufregung geschriebenen Brief geschickt.

Gräfendorff. ,

Den habe ich vernichtet.

Ottilie.

Aber wann — wann haben Sie ihn vernichtet?

Gräfendorff.

Sofort, nachdem ich ihn gelesen.

Ottilie.

Zerrissen?

Gräfendorff.

Verbrannt.

Ottilie.

Wissen Sie das bestimmt?

Gräfendorff.

Ganz bestimmt. Ich sehe noch alles vor mir. Ich steckte ihn im Kamin in Brand, und wartete, bis er gänzlich zu Asche geworden. Beruhigen Sie sich, fassen Sie sich. Kein Zeuge, kein Beweis, nichts, nichts existirt! Das einzige Geschöpf, das etwas ahnen konnte, Ihre alte Kammerfrau — ist verstummt für immer. Sie ruht im Grabe.

Ottilie [schaudernd].

Im Grabe! Die treue Seele —! Aber Leo — Leo! Wenn Sie gehört hätten, welche sonderbaren Anspielungen er machte. Es war eine Todesqual.

Gräfendorff.

Fassen Sie sich, ich beschwöre Sie! Nannte er meinen Namen?

Ottilie.

Nein. Aber als Sie sich verabschiedeten, machte er eine Bemerkung, die erschreckend deutlich war.

Gräffendorff.

Mir wird alles klar. Sie hatten ihn durch Ihre Paula betreffende Mittheilung empfindlich verletzt. Boshaft, wie er ist, wollte er dafür sein Müthchen an Ihnen kühlen, Sie ein wenig quälen. Er sondirte, kombinirte — das ist alles. Sie kennen ja seine Art.

Ottilie.

Hören Sie aber noch Folgendes! Heute Morgen sandte Leo meinem Sohne eine Karte, worin er für diesen Nachmittag eine Unterredung mit ihm unter vier Augen verlangt.

Gräffendorff.

Darin kann ich durchaus keinen Grund zur Beunruhigung finden. Leo wäre übrigens — dafür bürge ich Ihnen — einer unedlen Handlung gar nicht fähig.

Ottilie.

Gewiß nicht. Und dennoch zittere ich bei dem Gedanken an diese Begegnung. Mein Sohn ist so jähzornig und Leo, erbittert wie er gegen mich ist, kann sich zu Worten hinreißen lassen, die —

Gräffendorff.

Still, man kommt! Um des Himmelswillen — beruhigen Sie sich! [Nimmt seinen Hut. Ottilie setzt sich, nimmt rasch ein Buch zur Hand.]

Fünfte Scene.

Vorige. Norbert von rechts. Dann Mathias.

Norbert.

Ah, Herr Direktor —. [Giebt ihm die Hand.]

Gräffendorff [reicht Ottilie die Hand, dann mit Norbert nach hinten gehend, befangen]

Ich hoffe noch vor Beginn der Vorstellung wieder hier zu sein. Ich hole Sie mit meinem Wagen ab. Sie haben wohl schon gehört —?

4*

Norbert.

Ja, Herr Direktor. Ich werde mich sehr freuen —

Gräffendorff (ihm ins Ohr).

Ihre Mama ist heut ein wenig nervös —!

Norbert.

Finden Sie?

Gräffendorff.

Ja sie ist leidend.

Sechste Scene.

Ottilie, Norbert. Dann Mathias.

Norbert [vorkommend].

Mutter, ist es wahr — Mathias sagte mir, Paula
wäre da?

Ottilie.

Ja, mein Sohn. [Steht auf.] Willst du Gelegenheit haben,
ihr prachtvolles Haar zu bewundern?

Norbert.

Ich sage nicht nein.

Ottilie.

So komm'! Uebrigens hat Paula vor, dich für einen
ihrer Schutzbefohlenen um etwas zu bitten.

Norbert.

Im voraus ist alles bewilligt. Mutter — sag', hattest du
einen Wortwechsel mit Direktor Gräffendorff? [Nimmt sie unter den
Arm.]

Ottilie [bestürzt, einen Schritt vortretend].

Wie — was sagst du da? Aber durchaus nicht. Wieso
vermuthest du so etwas?

Norbert.

Beim Weggehen sagte er mir, daß du ein wenig nervös seist.

Ottilie.

Nervös — ich? Ach nein. Nun ja, ich habe diese Nacht
schlecht geschlafen. Weißt du — [an die Schläfe tastend] mein neu-
ralgischer Schmerz stellte sich wieder ein.

Mathias.

Herr Norbert, wenn ich bitten darf: Herr Lieutenant Malchow —

Ottilie.

Leo — Leo ist da! Höre, Norbert, empfange ihn doch lieber hier. Höst du? Denn ich habe Angst. Du bist ein Hitzkopf —

Norbert.

Aber Mutter —!

Ottilie.

Mathias —! [Giebt Mathias einen Wink, Mathias ab.]

Norbert.

Diese Unterredung mit Leo ist mir über alle Maßen peinlich.

Ottilie.

Bleib' nur hübsch besonnen, mein Sohn. Rege dich nicht auf. Und bedenke immer, daß Leo eine scharfe, eine sehr scharfe Zunge hat. Hörst Du?

Norbert.

Ja, liebste Mutter. Sei ganz unbesorgt. [Küßt ihr die Hand. Ottilie mühsam ihre Bekommenheit verbergend, zögernd links ab.]

Siebente Scene.

Norbert. Leo.

Leo.

Halte ich dich von was Wichtigem ab? [Sie geben sich die Hände.]

Norbert.

Nein. Aber, wenn auch —! Nimm Platz. [Sie setzen sich. Kleine Pause.]

Leo.

Wir beide sind, wenn wir uns auch gar manchmal gezankt haben, im Grunde doch immer gute Kameraden gewesen. Nicht wahr?

Norbert.

Gewiß. [Bietet ihm Cigarretten an.] Oder willst du eine Cigarre? [Steckt sich eine Cigarrette an.]

Als Manuscript gedruckt.

Leo.

Danke, nein. Du begreifst es daher wohl, daß ich mich nach der Eröffnung, die mir deine Mutter gestern im Namen Paula's gemacht hat, vor allem gern mit dir aussprechen möchte.

Norbert.

Hm — eigentlich wäre die Sache doch lediglich zwischen dir und Fräulein Paula auszutragen.

Leo.

Hör' einmal — wir wollen nicht Versteckens mit einander spielen. Sieh, lieber Norbert, ich bin zwar nur um ein paar Jahre älter als du, aber früh verwaist habe ich mir Erfahrungen und Menschenkenntnis erworben, als ob ich schon ein Greis wäre.

Norbert.

Darum beneide ich dich nicht,

Leo (zuckt die Achseln).

Du hast vielleicht recht. Also, lieber Norbert, erinnerst du dich noch der abfälligen Bemerkung, die du zu mir auf dem Balle des englischen Botschafters — mithin vor kaum zwei Monaten — über Paula gemacht hast?

Norbert.

Damals kannte ich das Mädchen noch kaum. Ich habe dir übrigens doch über meine Ansichten und Gefühle keine Rechenschaft zu geben.

Leo.

Dürfte dir auch schwer fallen. Aber ruhig Blut, ich bin nicht gekommen, um mit dir zu zanken. Im Gegentheil: ich möchte dir, als der besonnener und kühler Empfindende, einen wohlmeinenden Rath ertheilen.

Norbert.

Du bist sehr edel.

Leo.

Entschuldige — dafür will ich gar nicht gelten. Seinem Feinde einen guten Rath zu geben, ist in manchem Falle der höchste Egoismus. Uebrigens siehst du mich doch hoffentlich nicht als deinen Feind an.

Norbert.

Nein.

Leo.

Eines W e i b e s halber vermöchte ich für meine Person überhaupt nicht Jemands Feind zu werden.

Norbert.

Das ist wenig schmeichelhaft — für dich.

Leo.

Für die W e i b e r! Du bist noch zu [ironisch] jung, um das zu verstehen. Wirst übrigens, was diesen Punkt betrifft, wohl bis an dein Lebensende zu jung bleiben.

Norbert.

Das will ich hoffen.

Leo.

Geschmackssache. Verzeih' die kleine — A b l e n k u n g. Zur Sache. Norbert, laß' dich warnen! Besinn' dich wohl, ob du über deine, über Paula's Gefühle dich nicht einer Täuschung hingiebst. Der Einfluß, den deine Mutter auf Paula ausübt, ich hab' es zu meiner Ueberraschung gesehen, ist nicht gering. Aber — für wie lange? Und d u, mein Freund, nimm mir's nicht übel, aber deine Verehrung für deine Mutter ist ja so groß, daß ein Wort von ihr dir wie ein heiliges Gesetz erscheint. Kein Zweifel, daß deine Mutter von den besten Absichten beseelt ist. Aber bedenk', daß eine Frau, sie mag noch so viel Geist haben, doch nie mit dem Kopf urtheilt, sondern sich ganz und gar von ihren augenblicklichen Empfindungen beherrschen läßt, die [indem er ihm sehr erregt auf den Arm klopft] sich oft ganz plötzlich ins Gegentheil verwandeln. [Immer erregter.] Da wird frostige Abneigung im Handumdrehen zum herzlichen Wohlwollen, aber auch der wärmste, ja der glühendste Enthusiasmus — zur unversöhnlichsten Antipathie! Und ohne triftigen Grund — [mit einem rasch aufzuckenden zornigen Lächeln], das heißt: m i t u n t e r a l l e r d i n g s f e h l t's n i c h t a n e i n e m r e c h t t r i f t i g e n G r u n d!

Norbert [zusammenzuckend].

Wieso! Was soll das heißen! Soll das eine Anspielung auf — auf meine Mutter sein, auf ihre Antipathie gegen — Gräffendorff?

Leo [bestürzt].

Nein, nein, nein! Aber ganz und gar nicht! [Da Norbert ihm in heftiger Gemüthsbewegung ins Gesicht starrt, eifrig, in ehrlichster Absicht.] Wahrhaftig, Norbert, das war nicht meine Absicht — mein Ehrenwort zum Pfand!

Norbert [betroffen].

Dein Ehrenwort? [Erbittert.] Eine so feierliche Bekräftigung war, denke ich, ganz überflüssig. [Steht auf, seine Hand zittert, er stützt sich auf den Tisch. Mühsam seine Fassung bewahrend.] Was aber Gräffen= dorff, betrifft, — [sich verbessernd] ah, Paula — so nimm die Versicherung, daß ich reif genug bin, um zu unterscheiden, was augenblickliche Laune und was wirkliche Zuneigung ist.

Leo [steht auf: mit Wärme].

Keinen Groll, Norbert! Nochmals rathe ich dir ernstlich: prüfe d e i n Herz, prüfe Paula's Herz genau, bevor du einen Entschluß faſſeſt. Noch Eins: ich bin nicht gewohnt, um Weiber= gunſt zu betteln Weder mündlich noch schriftlich werde ich einen Schritt bei Paula thun. Noch m e h r: heut noch trete ich eine Urlaubsreise an. Du siehst, ich bin ein loyaler Nebenbuhler. Leb' wohl! [Ab.]

Norbert [nachdem er ihm einige Augenblicke regungslos nachgesehen, in finsterer Erbitterung vor sich hin].

Sein E h r e n w o r t? Warum gab er mir so hastig sein Ehrenwort? [Zornig.] Hält er's für d e n k b a r, daß — daß —! [Ausbrechend] Nein, nein, das ist ja gar nicht möglich! [Beruhigter.] Unmöglich! [Sich über die Stirn fahrend.] Fort mit so wahnwitzigen Gedanken! [Heiter lächelnd.] Nun zu Paula — [zärtlich verehrungsvoll] und zur M u t t e r! [Während er nach links geht, tritt Ottilie haftig ein.]

Achte Scene.

Norbert, Ottilie.

Ottilie [mit forschenden Blicken].

Nun, mein Sohn — deine Unterredung war kurz. Aber Leo ging in großer Erregung fort.

Norbert.

Du sahst ihn?

Ottilie.

Vom Fenster aus. Und du, Norbert?

Norbert.

O — ich blieb ganz ruhig.

Ottilie.

Du lügst!

Norbert.

Pfleg' ich zu lügen?

Ottilie.

In einem Fall. Wenn du fürchtest, mich zu beunruhigen. Da — dein Auge zuckt wieder, und deine Hände — sieh', wie eiskalt sie wieder sind.

Norbert.

Wollen Sie mir nicht auch noch den Puls fühlen, Frau Professor? [Zärtlich.] Dieses Bischen Nervosität stammt aus guter Quelle: ich hab' sie von dir. [Küßt ihr die Hand.] Aber sei ohne Sorgen — die kleine Erregung wird mir keinen großen Schaden bringen.

Ottilie.

Nein, Norbert — es war mehr als eine kleine Erregung. Ich seh' es dir an!

Norbert.

Komm, Mutter, wir wollen Paula aufsuchen. [Reicht ihr den Arm.]

Ottilie [ohne den Arm zu nehmen, ihm scharf ins Gesicht sehend].

Du mußt mir vorher erzählen —

Norbert.

Es verlohnt sich gar nicht der Mühe. Komm, liebste Mutter!

Ottilie.

Ich will es.

Norbert.

Aber Mutter!

Ottilie.

Ich bestehe darauf!

Als Manuscript gedruckt.

Norbert [ein wenig befremdet].

Ich begreife wahrhaftig nicht, weshalb du diesem Gespräch eine gar so große Bedeutung beilegst!

Ottilie.

Weil grade deine Schweigsamkeit meine Neugier geweckt hat. Erzähle! [Zieht ihn auf den Lehnsessel zur Linken der Chaiselongue nieder und setzt sich selbst auf die Chaiselongue.]

Norbert.

Liebste Mutter, ich habe nichts zu erzählen. Daß wir seit jeher gute Kameraden gewesen seien, betonte Leo. Daß er größere Lebenserfahrung und Menschenkenntnis als ich besitze, gab er mir zu verstehen. Dann nach dieser Einleitung rieth er mir, nur ja genau zu erwägen, ob ich über meine und Paula's Empfindungen mich nicht täuschte.

Ottilie.

Nur weiter. [Die Abenddämmerung bricht an.]

Norbert.

Das ist alles.

Ottilie.

Alles?

Norbert [sie immer befremdeter anblickend].

Gewiß.

Ottilie [hastig].

Nein, das ist nicht alles! Sag' — sprach er nicht davon . . . von . . . Paula's Vater?

Norbert [unruhig].

Nein.

Ottilie.

Und sonst —? Norbert, sei aufrichtig! Sollte Leo . . . [mit ängstlicher Spannung] kein Wort . . . von mir gesprochen haben?

Norbert.

Nun ja —

Ottilie.

Sprich, was sagte er?

Norbert.

Er meinte — du hättest durch deinen Einfluß auf Paula und auf mich die Wendung der Dinge herbeigeführt.

Ottilie [immer erregter].

Siehst du — und was sagte er noch? [Starrt ihm in fieberhafter Spannung und forschend ins Gesicht.]

Norbert [sie mit immer größeren Augen anstarrend].

Nicht, daß ich wüßte.

Ottilie [hastig].

Sprich, was für eine Bemerkung hat er daran geknüpft? [Auffahrend.] Norbert, deine Blicke verrathen mir's! Gesteh' mir's, gesteh' mir's!

Norbert [erschrickt, ein Gedanke durchzuckt ihn, er schnellt empor. Aufschreiend].

Mutter! [Starrt sie entsetzt an.]

Ottilie [aufstehend].

Mein Sohn! [Sich abwendend, stammelnd.] Du weißt nicht, Norbert, wie boshaft, wie schlecht die Menschen sein können. Er war tief gekränkt, verletzt, in Wuth — sah in mir vermuthlich die Ursache — o mein Gott — [Die Stimme versagt ihr, sie sinkt kraftlos auf ihren früheren Platz zurück, und blickt zu Boden.]

Norbert [tritt hinter die Chaiselongue. Er athmet krampfhaft auf, krallt die Nägel in die Brust, verzerrt vor wildem Schmerz das Gesicht, schlägt endlich die Hände vor dasselbe; Pause. Nachdem er sich ermannt hat, tritt er nach links vor, stützt sich auf die Chaiselongue. Leise].

Mutter —! [Drückt das Gesicht, die Augen mit der Hand bedeckend, auf die Lehne der Chaiselongue. Dann mit erkünstelter Heiterkeit.] Was hattest du denn mit einem Mal? Und m i ch willst du nervös nennen! Du bist's, nur du! [Nimmt ihre Hand, zieht sie langsam gegen seine Lippen, hält plötzlich inne.]

Ottilie [flüsternd].

Norbert —!

Norbert [neigt sich über Ottiliens Hand, preßt seine Lippen darauf, verharrt einige Augenblicke regungslos in dieser Stellung. Sich ermannend]. Komm, Mutter, komm! [Faßt sie an den Händen, zieht sie empor.]

Als Manuscript gedruckt.

Ottilie.

Mein Sohn — [Lehnt weinend ihr Gesicht an seine Brust.]

Norbert [mühsam, im Tone des Scherzes].

Diese bösen Nerven! Ich will Hans heißen, wenn ich zu erklären vermöchte, warum du plötzlich so in Aufregung kamst. Weißt es ja selber nicht, Mutter. Ja, diese Nerven — [Er schwankt.]

Ottilie [faßt ihn rasch beim Arm].

Norbert — du bist nicht wohl.

Norbert.

O nichts — nichts. Eine vorübergehende Mattigkeit, wie sie mich manchmal befällt. Ich ging spät zu Bett, hatte bis zum Morgen gekneipt und — du weißt — ich vertrage nicht viel! [Pochen links an der Thür — er fährt erschrocken zusammen.] Wer kommt da? [Lacht.] Ha, ha, ha, bin ich in einem Grade nervös — fast wie ein bleichsüchtiges Mädchen! Ah — 's ist Paula! [Für sich; erschüttert.] Paula —!

Neunte Scene.

Vorige. Paula von links.

Paula.

Gnädige Frau, verzeihen Sie die Störung, aber da Sie noch Toilette machen wollen —

Norbert [auf seine Uhr sehend].

Ja, liebe Mutter, es ist Zeit —

Ottilie [zögernd].

Es ist wahr — ich will mich beeilen.

Paula.

Sehen Sie nur, gnädige Frau, wie hübsch Bertha mich frisiert hat.

Ottilie.

Sehr hübsch. [Wirft einen besorgten Blick auf Norbert, unterdrückt einen Seufzer.] Sogleich bin ich wieder da. [Nach links ab.]

Zehnte Scene.

Norbert. Paula.

[Die Abenddämmerung schreitet vor, die Bühne wird allmählich dunkler.]

Paula [heiter].

Wissen Sie, Herr Norbert, daß Sie mir noch nicht guten Abend gesagt haben?

Norbert.

Verzeihen Sie! [Giebt ihr die Hand.]

Paula.

Was für finstere Blicke! Ich wage es gar nicht, mein Anliegen vorzubringen, wenn Sie mich nicht freundlicher ansehen.

Norbert [sich zu einem Lächeln zwingend].

Nun?

Paula.

Nein! Da sind mir Ihre finsteren Blicke noch lieber, als so ein sauersüßes Lächeln. Sollte die Unterredung mit Leo Sie so verstimmt haben?

Norbert.

Nein, nein, nein. Später — morgen — jetzt kann ich nicht!

Paula.

Nein, jetzt, sogleich sagen Sie mir, was Ihnen auf dem Herzen liegt.

Norbert.

Unmöglich! Und doch — ach, es wird ja geschehen müssen! Nur jetzt — in diesem Augenblick vermag ich's nicht.

Paula.

Sie müssen es — ich bitte Sie darum. Mit ein paar Worten verscheuche ich diese Schatten von Ihrer Seele. [Norbert macht eine abwehrende Geberde.] Ich kenne Leo — ich kenne Sie genau genug, um den Grund dieser Verstimmung zu errathen.

Norbert.

Nein, nein, liebe Paula — nicht einmal zu ahnen vermöchten Sie es! Ich habe ein Unrecht, ein großes Unrecht begangen.

Als Manuscript gedruckt.

Gegen Sie! Ich habe Sie getäuscht, Fräulein Paula, schwer
getäuscht. Ich bin Ihres Vertrauens, Ihrer Freundschaft nicht
würdig! Ein Etwas liegt zwischen uns — ich einzig und allein,
ich selber bin schuld daran — das uns trennt, uns trennen muß
— für immer!

Paula.

Das glaub' ich nicht! Sie urtheilen gewiß viel zu streng
über sich. Es ist gar nicht denkbar, daß Sie — Sie, Norbert —
jemals etwas gethan haben sollten, was ich Ihnen nicht verzeihen
könnte.

Norbert.

Paula — [ihre Hände erfassend] liebes Fräulein Paula, ich
beschwöre Sie, haben Sie Mitleid mit mir und fragen Sie nicht,
dringen Sie nicht in mich. Erleichtern Sie mir die peinliche
Aufgabe, die ich mir stellen muß — Ihnen allmählich, so unauffällig als möglich, wieder — fremd zu werden. Paula —
Paula — versprechen Sie mir, ich bitte Sie kniefällig darum, was
ich Ihnen da anvertraute, ewig als ein Geheimnis zu bewahren!

Paula [ichluchzend].

Norbert — Sie brechen mir das Herz! [Preßt das Gesicht
weinend in ihre Hände.]

Norbert.

Paula, o Gott, ich — [greift sich an den Hals, mühsam] ich kann
nicht mehr. [Aufschluchzend.] Ich ertrag's nicht länger! [Wankt, sinkt
auf einen Stuhl.]

Paula [schreiend].

Norbert, Norbert!

Norbert [mit Gewalt sich erhebend].

Still — rufen Sie Niemand! Ich beschwöre Sie!

Elfte Scene.

Vorige. Ottilie.

Ottilie [in höchster Erregung hereineilend].

Paula — haben Sie gerufen? Norbert — was ist dir?

Norbert [mühsam].

Nichts. [Mit erzwungener Heiterkeit.] Ich sagte es ja: nervös, wie ein bleichsüchtiges Mädchen — [Er macht ein paar Schritte nach rechts.]

Ottilie

Norbert, du schwankst! [Faßt ihn an den Händen.]

Norbert [schaudert bei der Berührung zusammen. Aufschluchzend].

Mutter! [Bricht zusammen Ottilie stößt einen Schrei aus; er sinkt bewußtlos rechts auf das Sopha.]

Paula.

O mein Gott! Ich — ich hole den Herrn Professor. [Wendet sich nach rechts.]

Ottilie [erschrickt].

Halt! Still! Bleiben Sie! [In namenloser Angst.] Sie würden ihn erschrecken! Es geht ja vorüber.

Paula [hinter dem Sopha, jammernd].

Norbert, Norbert! O Gott, o mein Gott! [Sie streichelt Norbert's Stirn. Seine Augen bleiben geschlossen, seine Brust hebt und senkt sich mächtig; von Zeit zu Zeit stöhnt und murmelt er Unverständliches.]

Ottilie [streichelt sein Gesicht, reibt ihm die Hände, schluchzend].

Norbert, theurer Sohn, komm zu dir! Komm zu dir!

Norbert [halb unverständlich].

Still — still! Es muß ein Geheimnis bleiben — ewig!

Paula.

Ich sterbe vor Angst.

Ottilie.

Ruhig, mein Kind. Gleich wird er die Augen wieder aufschlagen.

Norbert [murmelnd].

Mein armer Vater —

Ottilie [preßt in namenloser Angst ihr Taschentuch an Norbert's Lippen. Jammernd].

Mein Sohn! Geliebter Sohn — komm zu dir! [Ihm ins Ohr schreiend und ihn rüttelnd] Norbert! Mein Kind! Höre mich! Du tödtest deine Mutter!

Als Manuscript gedruckt.

Norbert [hebt den Kopf, schlägt die Augen auf. In wildem Schmerz aufschluchzend.]

Mutter! [Streckt plötzlich die Glieder aus, sinkt wie leblos auf das Sopha.]

Ottilie [schreiend].

Norbert!

Paula.

Er stirbt! Zu Hilfe! [Die Thür rechts aufreißend.] Zu Hilfe! [Ab.]

Zwölfte Scene.

Vorige. Gräffendorff, Mathias, durch die Mitte. Bertha von links. Gleich darauf Gregorius und Paula von rechts.

Gräffendorff [hereinstürzend].

Was ist geschehen? [Alle stehen in höchster Bestürzung.]

Gregorius [vorkommend].

Was giebt's? [Fährt, Norbert auf dem Sopha erblickend, zusammen, faßt sich augenblicklich, tritt in eiserner Ruhe an ihn heran, tastet ihm ans Herz. Sich umwendend, kaltblütig.] **Wasser!** [Bertha eilt fort. Er wirft das Sophakissen auf die Erde, bringt Norbert mit Mathias' Hilfe auf dem Sopha in eine horizontale Rückenlage. Wie oben.] **Das Fenster auf!** [Paula eilt in den Erker, öffnet das Fenster. Er reißt Norbert's Krawatte und Hemdkragen auf, reibt ihm die Hände, drückt sein Ohr an Norbert's Brust. Bertha kommt mit Wasser. Er befeuchtet sein Taschentuch, legt es ihm auf die Stirn. Norbert bewegt sich endlich leicht; man sieht, daß er wieder kräftiger athmet.]

Gregorius [aufathmend, leise].

Endlich! [Zu Ottilie.] Es geht besser! Norbert schluchzt leise, murmelt Unverständliches. Ottilie erschrickt, kniet vor Norbert nieder, faßt ihn schluchzend an den Händen.]

Gregorius [leise].

Entfernt euch! [Alle, Ottilie ausgenommen, ziehen sich zurück. Zu Ottilie leise.] Die Mutter!

Norbert [wie oben].

O wie das schmerzt! Paula — und — und — die Mutter! [Schaudernd.] Die Mutter!

Ottilie [entsetzt Norbert umklammernd].

Mein Sohn, mein Sohn — komm' zu dir!

Gregorius [indem er ihre Hände loslöst, streng].

Laß ihn! Er braucht Ruhe, absolute Ruhe. [Liebevoll.] Geh', mein Kind, geh'! [Norbert murmelt wieder.]

Ottilie [in Verzweiflung].

Ich kann ihn nicht verlassen!

Gregorius.

Es muß sein! [Ottilie zögernd, in namenloser Angst links ab.]

Norbert [nach einer kleinen Pause, murmelnd].

War das nicht — der Vater?

Gregorius [kniet nieder, legt die Hand auf Norbert's Herz, horcht].

Norbert [seufzt schmerzlich].

Der arme Vater!

Gregorius [ihn anstarrend, flüsternd].

Wovon spricht er?

Norbert [wimmernd].

Die Muttter —! Niemals — Geheimnis —

Gregorius [ihn anstarrend].

Die Mutter? Was ist das? Was meint er?

Norbert [leise schluchzend].

Der Vater — darf's nie erfahren!

Gregorius [vergißt sich, packt Norbert an den Schultern, rüttelt ihn, reißt ihn empor. Außer sich].

Was — was darf der Vater nie erfahren!

Norbert [halb die Augen öffnend].

Ist Jemand da? [Schließt die Augen wieder.]

Gregorius [zärtlich].

Ich bin's, mein Sohn, ich bin's! [Läßt Norbert wieder sanft auf's Sopha gleiten.]

Ottilie. **Als Manuscript gedruckt.** 5

Norbert [murmelnd].

Kalt — kalt — mich friert. [Gregorius nimmt Norbert's Hände in die seinen, reibt sie sanft. Norbert läßt den Kopf langsam zurücksinken, beginnt leise und regelmäßig zu athmen.]

Gregorius [lauscht].

Er schlummert. [Er nimmt einen Stuhl vom Mitteltisch, setzt sich, vor dem Sopha, darauf. Finster vor sich hin flüsternd.] Die Mutter —? Was — was darf ich nicht erfahren! [Nach links blickend, ahnungsvoll.] Ottilie —? Nein, nein — nein —! O welche Qual! [Die Abenddämmerung ist mittlerweile weit vorgeschritten, die Bühne ist ziemlich dunkel. Er läßt sorgenvoll den Kopf auf die Brust sinken und verharrt regungslos in dieser Stellung.]

Der Vorhang fällt.

Dritter Akt.

Dieselbe Decoration.

Erste Scene.

Gregorius, Mathias.

Gregorius [den Hut auf dem Kopf, den Stock in der Hand].
Sagen Sie wirklich die Wahrheit, Mathias?

Mathias [immer voll Ehrerbietung; so oft Gregorius ihn ansieht, wird seine Stimme leiser]. Aber Herr Professor —! Ich wiederhole, der junge Herr sah frisch und wohl aus wie eine Rose. Er hat aber auch ausgezeichnet geschlafen. Und bis zehn Uhr Morgens.

Gregorius.
Ah — so lange? [Für sich, seufzend.] Die Jugend! [Vor sich hin starrend, murmelnd] Der Vater darf's nie erfahren! [Die Faust ans Herz pressend.] Was — was darf ich nie erfahren?

Mathias.
Durchaus wollte der junge Herr zu Fuß ausgehen. Die Frau Professor bestand aber darauf, daß er den Wagen benutze.

Gregorius [wie geistesabwesend].
So, so. [Sich ermunternd.] Ja — und nahm er etwas zu sich?

Mathias.
Wie Sie befohlen, Herr Professor. Nur ein Glas Milch.

Gregorius [drohend].
Keinen Kaffee mehr! Hören Sie, Mathias?

Als Manuscript gedruckt.   5*

Mathias (sich ereifernd).

Der junge Herr muß aber auch — mit allem Respect — das Nachtwachen aufgeben. Ja, wenn er seine Nächte i n d e r K n e i p e verbrächte, wie er immer behauptet — das wäre ja nicht so schlimm. Im Gegentheil!

Gregorius.

Nach I h r e r Ansicht.

Mathias.

Ja wohl, nach m e i n e r Ansicht — mit allem Respect. Aber er verbringt die Nächte im K r a n k e n h a u s.

Gregorius.

Ich weiß! Das muß aufhören. Hm — Mathias —! Wenn Norbert und meine Frau nach Hause kommen, melden Sie mir's sofort.

Mathias.

Auch wenn Seine Excellenz noch da sein sollte?

Gregorius.

Das heißt, verstehen Sie — eine Viertelstunde möchte ich mit Seiner Excellenz ungestört bleiben. Dann aber klopfen Sie nur recht kräftig an die Thür. [Wendet sich nach rechts zum Gehen.]

Mathias (ängstlich).

Herr Professor —!

Gregorius.

Na?

Mathias.

Seine Excellenz wird mich verklagen. Ich bemerkte nämlich Seiner Excellenz ziemlich decidirt —

Gregorius.

Also schon wieder grob?

Mathias.

O bitte, mit größtem Respekt — der Herr Professor käme erst spät Abends nach Haus.

Gregorius.

Was sind das für Geschichten!

Mathias.

Verzeihung. Aber da Sie ohnehin auf der Klinik nicht abgesagt und bis zum helllichten Tag kein Auge geschlossen hatten —

Gregorius [aufbrausend].

Wer sagt das?

Mathias.

Bitte um Verzeihung, aber die Nacht war todtenstill. Und da hörte ich deutlich, wie Sie im Zimmer des jungen Herrn auf- und abmarschirten.

Gregorius [zornig].

Befahl ich Ihnen nicht ausdrücklich zu Bett zu gehen?

Mathias [militärisch].

Ja, Herr Professor —. Aber da Sie leicht noch etwas hätten benöthigen können —

Gregorius.

So blieben Sie wohl gar im Vorsaal?

Mathias.

Ja, Herr Professor.

Gregorius.

Die ganze Nacht?

Mathias [schüchtern, gepreßt].

Ja, Herr Professor.

Gregorius [ihn am Ohr fassend].

Bist ein alter Esel!

Mathias.

Ja, Herr Professor — — ah!

Gregorius.

Unglaublich! Die ganze Nacht im kalten Vorzimmer —

Mathias.

Verzeihung, Herr Professor Aber damals bei Gravelotte, als ich die Kugel zwischen die Rippen kriegte —

Gregorius.

Halt's Maul, alter Schwätzer!

Mathias [brummend].

Na ja! Na ja freilich —

Gregorius [sich ungeschickt gleichgiltig stellend].

Hm ... Mathias! Das nächtliche Auf= und Abgehen, verstehst du, Alter ... das bleibt unter uns.

Mathias.

Zu Befehl.

Gregorius.

Könnte meine Frau, meinen Sohn, beunruhigen.

Mathias.

Freilich.

Gregorius.

Unglaublich! Die ganze Nacht im kalten Vorzimmer — so ein alter Rheumatiker. Zu dumm. Heut Abend gehst du mir schon um neun Uhr zu Bett.

Mathias.

Aber —!

Gregorius [gebieterisch].

Um neun! Wenn du dich eine Minute später noch blicken läßt — [mit dem Stocke drohend] dann weh' dir! [Rechts ab.]

Zweite Scene.

Mathias, dann Ottilie und Norbert

Mathias [gegen die Thür rechts schreitend, stürmisch]!

Um den Hals möchte ich ihm fallen. [Bleibt stehen, horcht] Hör' ich recht — da kommen sie schon. [Sieht auf seine Uhr. Brummend.] Eine Viertelstunde also! [Durch die Mitte ab. Gleich darauf öffnet er die Mittelthür, Ottilie tritt am Arme Norbert's ein. Beide geben sich alle Mühe, sorglos und heiter zu scheinen. Ottilie wirft ab und zu heimlich einen forschenden

Blick auf Norbert, der es so viel als möglich vermeidet, ihr ins Gesicht zu sehen. Mathias auf einen Wink Ottiliens ab.]

Ottilie.

Nun, mein Sohn, wie fühlst du dich?

Norbert.

Ausgezeichnet, Mutter.

Ottilie.

Ich glaube dennoch, du solltest dich nach diesem Spazier= gang — wir sind ja mehr gegangen, als gefahren — für ein Stündchen ins Bett legen.

Norbert.

Bewahre, Mutter!

Ottilie.

Nun, so setzest du dich wenigstens in den Erker, in des Vaters Schaukelstuhl. [Nimmt seinen Arm.]

Norbert.

Gut, das will ich thun. [Im Abgehen.] Aber du verhätschelst mich zu sehr. Ich verdien' es gar nicht. [Nach links ab. Die Bühne bleibt ein paar Augenblicke leer.]

Dritte Scene.

Gregorius, Mathias.

Gregorius [tritt in Gedanken versunken, vor sich hinblickend, von rechts ein. Murmelnd].

Gräffendorff kommt also! [Aufathmend.] Nur noch ein wenig Geduld. O wie lechze ich darnach, ihm mein Herz auszuschütten! [Sinkt am Mitteltisch rechts auf einen Stuhl.]

Mathias [der ihm gefolgt ist, schüchtern].

Der Diener kann also gehen? [Da er keine Antwort erhält, lauter:] Herr Direktor Gräffendorff ließe grüßen, meldete der Diener, und er würde zur bestimmten Stunde vorsprechen. [Pause. Er hustet und räuspert sich.]

Als Manuscript gedruckt.

Gregorius [sich rasch umwendend, rauh].

Was wollen Sie? [Steht rasch auf.]

Mathias.

Ich warte auf die Antwort.

Gregorius [ungeduldig].

Ich erwiderte doch: gut!

Mathias.

Allen Respekt, Herr Professor, aber —

Gregorius.

Gehen Sie zum — [Unterbricht sich. Weich] Nein, mein Alter — ich hab das „gut" vermuthlich zu leise gesagt.

Mathias [murmelnd].

So wird's wohl sein. [Nach links deutend.] Die Frau Professor ist —

Gregorius.

Ja, ja! [Mathias auf seinen Wink durch die Mitte ab. Er macht ein paar Schritte vor, bleibt unschlüssig, nach der Thür links blickend, stehen. Murmelnd.] Soll ich Ottilie — —? Nein. Und warum eigentlich nicht? Ah ich bin ja wahnsinnig! [Rafft sich endlich zusammen, wendet sich entschlossen nach links.]

Vierte Scene.

Gregorius, Ottilie, von links Später Mathias, Bertha.

Gregorius [öffnet die Thür links. Hineinrufend].

Ottilie —!

Ottilie [eintretend].

Still! [Deutet nach dem Zimmer. Leise.] Norbert ist eingeschlummert!

Gregorius [durch die Thür blickend].

Die frische Luft hat ihn angegriffen.

Ottilie.

Fast eine Stunde sind wir zu Fuß gegangen. Sein Gang, seine Haltung waren sicher und elastisch. [Geht nach rechts zum Kamin vor.]

Gregorius.

Hm. [Schließt behutsam die Thür.] Hm. Wie gesagt, der Zustand Norbert's ist durchaus nicht besorgnißerregend.

Ottilie [sich rechts auf das Sopha setzend].

Gott sei Dank!

Gregorius [setzt sich ihr zur Seite auf einen Stuhl].

Deine Nerven, liebe Ottilie, befanden sich einst — vor sechs Jahren war's, ein schrecklicher Winter! — in einer noch viel desolateren Verfassung. Erinnerst du dich noch?

Ottilie.

Ob ich mich erinnere! [Schaudernd.] Das war eine entsetzliche Zeit.

Gregorius.

Ja, ja. Nun, dank der idyllischen Ruhe und kräftigen Höhenluft Tirols erlangtest du doch deine Gesundheit wieder.

Ottilie [seufzend]

Meine Gesundheit —! [Geht an ihm vorüber zum Erker.]

Gregorius.

Relativ. [Steht auf, folgt ihr.] Es ist klar, Norbert hat sich mit zu großem Eifer seinen Studien hingegeben. Er hat seiner Jugendkraft zu viel zugemuthet. Von nun an wird er sich mehr Ruhe gönnen müssen. [Setzt sich auf die Chaiselongue.] Hm, sag' einmal — du hast keinen Versuch gemacht . . . ihn auszuforschen?

Ottilie [die sich im Erker auf einen Stuhl gesetzt hat].

Nein. Ich fürchtete ihn aufzuregen.

Gregorius.

Hm. Sprach er von — Paula?

Ottilie.

Nicht eine Silbe.

Gregorius.

Findest du das nicht auffallend?

Als Manuscript gedruckt.

Ottilie.

Nein.

Gregorius.

Nein?

Ottilie.

Weil Norbert überhaupt sehr wortkarg war.

Gregorius.

Hm. Hat dieses Schweigen nicht Vermuthungen in dir geweckt?

Ottilie [den Erker verlassend].

Verzeih'! Frühstücken wir, oder warten wir auf Norbert?

Gregorius.

Frühstücken wir. [Ottilie geht nach hinten, klingelt.] Hoffentlich schläft Norbert noch recht lange. [Er steht auf, steckt die Hände in die Hosentaschen, bleibt links vorn stehen, wirft forschende Blicke auf Ottilie. Mathias und Bertha bringen von links einen kleinen gedeckten Theetisch, setzen denselben rechts vor das Sopha. Mathias nimmt zwei Stühle vom Mitteltisch, setzt sie zur Rechten des Theetisches Gregorius setzt sich auf den vorderen Stuhl, Ottilie auf das Sopha.]

Mathias.

Soll ich — [nach links blickend] den jungen Herrn —?

Gregorius.

Nein — lassen Sie ihn schlafen. [Da Mathias servieren will] Sie können gehen. [Mathias und Bertha ab.] Du hast meine Frage noch nicht beantwortet. [Füllt ein Glas für Ottilie mit Wasser, ein Glas für sich mit Rothwein.]

Ottilie [ihm den Teller füllend, zögernd].

Hältst du es für ausgemacht, daß dieser Nervenanfall Norbert's durch irgend ein Ereignis herbeigeführt wurde? [Sie beginnen zu essen, nehmen aber nur ein paar Bissen. Gregorius leert ein Glas Rothwein. Ottilie nippt ab und zu von ihrem Glase Wasser.]

Gregorius.

Wenn nicht für ausgemacht, so doch für höchst wahrscheinlich.

Ottilie [nach einer kleinen Pause].

Und hast du nicht — irgend eine Vermuthung? [Sieht ihm, während er gedankenvoll vor sich hinblickt, ängstlich gespannt ins Gesicht.] Ich dachte schon, ob nicht etwa eine Aeußerung Norbert's, als er im Delirium dalag — [Rasch, mit Nachdruck.] Doch nein! Aus den verworrenen Reden eines Delirenden dürfte man doch nicht Schlüsse ziehen. In dem krankhaft erregten Gehirn können doch auch Erinnerungen an Dinge lebendig werden, die der Kranke in irgend einem Roman gelesen hat. [Er sieht sie plötzlich durchdringend an, sie wendet den Blick ab.]

Gregorius.

Diese Erklärung erscheint mir doch ein wenig weit herge holt. [Nimmt eine Cigarre aus seiner Cigarrentasche.]

Ottilie.

Durchaus nicht, wenn man bedenkt, daß Norbert vor dem Schlafen stundenlang im Bette zu lesen pflegt, und so jahraus jahrein eine Unmasse von Romanen verschlingt [Mit erkünstelter Gleichgültigkeit.] Ist dir vielleicht eine oder die andere Aeußerung Norbert's im Gedächtnis geblieben?

Gregorius [zündet langsam die Cigarre an].

Hm! Norbert hat so viel durcheinander gesprochen und dabei so unverständlich —

Ottilie.

Es war also gar nichts zu verstehen? [Faßt das Glas Roth wein, trinkt es aus.]

Gregorius.

Das Wort „Geheimnis" kam mehrere Male auf seine Lippen. Dann die Worte: „Paula", und [sie plötzlich durchdringend ansehend] die „Mutter" —!

Ottilie [mühsam].

Und was noch? [Er gießt das Weinglas voll, schiebt es ihr hin. Sie schiebt es ihm wieder zu.] Du weißt ja, ich trinke keinen Rothwein

Gregorius.

Du hast ja eben welchen getrunken.

Ottilie.

Du irrst. Ich trank Wasser. [Er macht unwillkürlich eine Be wegung. Sie trinkt von dem Wasser.] Nun? Erzähle weiter.

Als Manuscript gedruckt.

Gregorius [sich mühsam ruhig stellend].

Hm. Ich erinnere mich an sonst nichts. Uebrigens magst du recht haben: Norbert's Phantasie dürfte in der That von den Gebilden eines Romans erfüllt gewesen sein.

Ottilie [aufathmend, ganz umgewandelt].

Nun, siehst du, siehst du, Konrad —!

Gregorius.

Ich könnte mir sonst schlechterdings nicht erklären, [Norbert tritt ein] weshalb Norbert so tief ergriffen, ja erschüttert gewesen.

Fünfte Scene.

Vorige. Norbert.

Norbert [klopft sofort kräftig an der Thür. Vorkommend, heiter].

Um Vergebung, ein Schwerleidender kommt — um Hilfe zu suchen. [Gregorius legt die Cigarre weg.]

Ottilie.

Ah Norbert? [Geht ihm entgegen.]

Norbert.

Ja wohl, Vater, ein Schwerleidender! Da, siehst du, da — spür' ich einen ganz entsetzlichen, quälenden Schmerz. Die Diagnose stell' ich auf Hunger.

Gregorius [der sitzen geblieben, sich heiter stellend].

Bravo, mein Junge! Das ist eine Krankheit, über deren Heilung sämmtliche Mediciner der Welt einig sind.

Norbert [lachend].

Ja wohl, ja wohl. [Setzt sich auf den leergebliebenen Stuhl zwischen Gregorius und Ottilie.

Gregorius [fühlt Norbert den Puls].

Ottilie.

Sogleich will ich — [Will klingeln.]

Norbert.

Laß das, Mutter. Die beaux restes, die ich da vor mir sehe, sind mir eben recht.

Ottilie [gießt Wein in ein Glas, rückt Teller und Platten zurecht].
Schön, mein Sohn. Und laß dir's gut schmecken.

Norbert.
Ja, das will ich —!

Gregorius [Norbert zärtlich auf die Hand klopfend].
Hm. Puls befriedigend. So fortfahren, mein Junge. Hörst du?

Norbert.
Verlaß dich darauf, Vater. [Ißt und trinkt.]

Gregorius.
Hm. Laß dich nicht stören, Ottilie . . .

Ottilie.
O heute —

Gregorius.
Ich habe ohnehin mit Norbert zu reden. Als Arzt!

Ottilie.
Ach so. Nun — ich gehe. [Macht ein paar Schritte nach links, bleibt stehen.] Ah — Konrad! [Leise zu Gregorius, der zu ihr getreten ist.] Wie findest du Norbert? Bist du wirklich beruhigt?

Gregorius.
Vollkommen.

Ottilie.
Du blicktest mit einem Mal wieder so kummervoll drein.

Gregorius.
Ich bin nur müde. Sei ohne Sorgen. [Ottilie nach links ab.]

Sechste Scene.

Gregorius, Norbert. Dann Mathias und Bertha.

Gregorius [sich wieder setzend].
Ich sehe, du hast mit deinem Hunger geflunkert.

Norbert.

O ich habe ganz reichlich gegessen. [Ganz flüchtig.] Vater, sagtest du nicht eben als ich eintrat — ich hätte dir tief ergriffen, ja erschüttert geschienen?

Gregorius.

Warum fragst du?

Norbert.

Weil ich bisher blos von einer Ohnmacht gehört hatte. [Forschend.] Es war also ein Nervenanfall und ich habe wohl gar — hallucinirt und — irre geredet?

Gregorius.

Nun ja — du hast allerdings einige Male Verschiedenes gemurmelt. Es war aber alles völlig unverständlich. Nun, du hörst zu essen auf?

Norbert.

Ich bin satt. [Klingelt.]

Gregorius [steht auf, geht nach links zum Erker. Mathias und Bertha mit dem Theetisch links ab.]

So. Und nun komm, mein Junge. Setz' dich her zu mir, [Setzt sich links auf die Chaiselongue, zieht Norbert auf den Lehnsessel, ihm zur Linken nieder.]

Norbert [seine Cigarrettentasche hervorziehend].

Darf ich eine Cigarrette rauchen?

Gregorius.

Was — rauchen? Uebers Ohr wirst du eins kriegen!

Norbert.

Ah, du redest schon als Arzt zu mir.

Gregorius.

Allerdings. Ich empfehle dir deinen Gesundheitszustand nicht gar zu leicht zu nehmen. Verstehst du?

Norbert.

Aber, Vater —!

Gregorius.

Ja, ja! Was mir die Sache immerhin in kritischem Licht erscheinen läßt, ist der Umstand, daß dieser Nervenanfall ohne sichtliche Veranlassung eingetreten sein soll. [Spähend.] Oder gab's eine? Ging etwas vor? Regtest du dich auf? Du sprachst mit Paula. Was sprachst du mit ihr? Wovon? Worüber?

Norbert.

Redest du noch als Arzt mit ihr?

Gregorius.

Gewiß.

Norbert.

Nun dem Arzt möchte ich höflichst bemerken, daß er sich nicht um meine Privatangelegenheiten kümmern möge.

Gregorius [schmunzelnd, die Hand erhebend].

Frecher Bursch! [Wieder sehr ernst.] Wenn ich nun aber als Vater mit dir rede?

Norbert [innig, seine Hand auf die Gregorius drückend].

Dem Vater versichere ich, daß er auch nicht den gering=sten Grund hat, sich zu beunruhigen.

Gregorius.

Norbert — sei doch aufrichtig mit mir! Sieh', du warst mit Paula allein. Da, nach einem kurzen Gespräch, brichst du plötzlich zusammen, du stöhnst, du schluchzest —

Norbert.

Ich schluchzte?

Gregorius.

Ja denn — deine Hartnäckigkeit zwingt mich, dir's zu sagen. Also vorwärts! Quäle mich nicht länger, und sage mir offen, was es zwischen dir und Paula gegeben hat.

Norbert.

Durchaus nichts, Vater, was mich auch nur im entferntesten in Erregung hätte versetzen können.

Gregorius.

Dann warst du schon erregt, als das Gespräch begann.

Norbert.

Nein, Vater — auch das nicht.

Als Manuscript gedruckt.

Gregorius.

Sieh', Norbert, gestern bei Tisch bist du noch in der treff-
lichsten Laune gewesen. Mit wem kamst du Nachmittag zusammen?
War etwa unmittelbar v o r Paula Jemand bei dir?

Norbert.

Niemand.

Gregorius [ihn scharf ansehend].

Norbert — !

Norbert.

Vater — nun ja — Leo war da.

Gregorius.

Leo? Und das erfahre ich erst jetzt? Wußte die Mutter
von diesem Besuch?

Norbert [zögernd].

Ja.

Gregorius [erhebt sich rasch].

Sonderbar. [Beiseite.] Warum verschwieg sie mir das? [Zu
Norbert.] Ah ich fange an zu begreifen. Leo ist mit dir in Streit
gerathen und dabei dürfte manches verletzende Wort gefallen sein.
Zumal von Leo's Seite. Sprich, ist's nicht so?

Norbert.

Nein, Vater!

Gregorius [ihn am Arm packend, zornig].

Norbert — auf der Stelle wirst du — ! [Reuevoll.] Nein,
nein, ich bin von Sinnen! Aber sieh', Norbert, bedenk' doch,
was für Zweifeln, was für Besorgnissen du mit deinem Schweigen
Thür und Thor öffnest! Denn ich weiß — du verbirgst mir ein
Geheimnis. Um ein Etwas handelt es sich, das ich, dein Vater
— n i e e r f a h r e n soll! Da — du bebst! Siehst du, ich habe
dir jetzt deine — deine eigenen Worte wiederholt.

Norbert [sich schnell fassend].

Ah — ist's das? Vater, ich schäme mich. Vernimm denn
dieses große Geheimnis. Eifersucht war's. Wilde Eifersucht gegen
den glücklichen Nebenbuhler, denn — ich habe die Gewißheit
erlangt, daß Paula i h n liebt. Sie liebt Leo.

Gregorius [streng].

Norbert — sieh' mir ins Auge.

[Norbert rafft seine ganze Kraft zusammen, blickt ihm ins Auge.]

Gregorius [nach links blickend, da Geräusch von Kommenden].

Still! Kein Wort, keine Silbe darüber! Hörst du — mit Niemand! [Faßt ihn an der Hand.]

Norbert [ihm die Hand drückend].

Mit Niemand!

Gregorius.

Norbert — ich hab' dein Wort. Mit Niemand! [Rasch ab nach rechts.]

Siebente Scene.

Norbert. Dann Ottilie, Paula von links.

Norbert.

O mein Gott! [Mit Festigkeit.] Fassung — Kraft!

Ottilie [die Thür ein wenig öffnend].

Ist's erlaubt?

Norbert.

O Mutter —

Ottilie [einen forschenden Blick auf Norbert werfend].

Sieh', wen ich da bringe. Das liebe Mädchen kommt, um persönlich nachzusehen, wie sich unser Patient befindet.

Norbert.

Ah — das ist zu liebenswürdig von Ihnen. [Giebt ihr die Hand.] Sie sehen, Fräulein Paula — es war nur blinder Lärm.

Paula.

Um so besser.

Ottilie.

Wo ist der Vater?

Ottilie.   **Als Manuscript gedruckt.**   6

Norbert.

Er — er ging — ich glaube, es kam Besuch. [Zu Paula.] Sie kamen mit Miß Clark?

Paula.

Natürlich. Nie ohne Miß Clark. Beim Heraufsteigen der Treppe nannte ich ihr den Zweck meines Besuches —

Norbert [sich mühsam heiter stellend].

Was sagte sie dazu?

Paula [ebenso].

Nicht eine Silbe, denn Lippen und Zunge waren ihr wie gelähmt.

Norbert.

Das ist partielle Katalepsie — wie in der Hypnose. Wissen Sie, wie man einen Hypnotisirten weckt? Man bläst ihm kräftig ins Gesicht. So! [Bläst vor sich hin Geberde.]

Paula.

Also so? [Ahmt es nach.] Ich danke Ihnen! Dieses Mittel würde jedenfalls s e h r ermunternd auf Miß Clark wirken.

Norbert.

Ohne Zweifel. [Während Ottilie unruhig nach links geht, erregt und eindringlich flüsternd.] Rasch eine dringende Bitte, Fräulein Paula —! Verrathen Sie kein Wort von unserm gestrigen Gespräch! Ich habe dem Vater gesagt, daß ich Leo's halber von wilder Eifersucht übermannt wurde. Ich hätte entdeckt, daß Sie ihn lieben —!

Paula [schmerzlich].

Daß ich i h n l i e b e!

Ottilie [sich umwendend].

Norbert — glaubst du, daß wir den Vater stören, wenn wir ihn aufsuchen?

Norbert.

O —

Paula.

Vielleicht ist mein Papa schon bei ihm.

Ottilie [zusammenzuckend].

Ihr Papa? Soll er denn kommen?

Paula.

Ja wohl. Etwa vor einer Stunde traf eine Karte des Herrn Professors ein, worin er den Papa um seinen Besuch bittet.

Ottilie [mühsam sich fassend].

So? Das wußte ich nicht.

Achte Scene.

Vorige. Gregorius.

Gregorius.

Ah liebe Paula, S i e hier? [Giebt ihr die Hand] Sie kommen wohl nachsehen, wie's unserm Kranken geht. [Wirft prüfende Blicke auf Beide.]

Paula.

Papa hat mich geschickt. Das heißt — ich wäre auch aus eigenem Antrieb gekommen.

Gregorius.

Hörst du's, mein Sohn?

Norbert.

O Fräulein Paula ist so gut und menschenfreundlich.

Paula.

Nicht immer. Herr Professor, mein Papa läßt sie grüßen und er wird, wie gesagt, zur bestimmten Stunde bei Ihnen sein.

Gregorius [ein wenig verlegen].

Danke, danke! [Flüchtig zu Ottilie.] Er hat mich um etwas ersucht. Ja, liebe P a u l a — möchten Sie mir wohl einen Gefallen erweisen?

Paula.

Mit dem größten Vergnügen.

6

Gregorius.

Ja? Nun dann gönnen Sie mir ein paar Worte unter vier Augen.

Paula [betreten].

Sehr gern.

Gregorius.

Wenn es Ihnen angenehm ist —

Paula.

Angenehm?

Gregorius

So begeben wir uns in mein Zimmer.

Paula [furchtsam nach der Thür rechts blickend].

In Ihr Zimmer?

Gregorius.

Was haben Sie denn gegen mein Zimmer?

Paula.

O nichts, gar nichts!

Ottilie [die mit Norbert gesprochen hat].

Bleib, Konrad, Norbert und ich ziehen uns zurück.

Gregorius.

Seid so freundlich! [Norbert wechselt Blicke mit Paula. Ottilie wirft einen besorgten Blick auf Gregorius, der wieder ganz düster vor sich hinstarrt. [Ottilie und Norbert links ab]

Neunte Scene.

Paula, Gregorius rechts vorn am Kamin.

Paula [links vorn Verehrungsvoll].

Ihn — diesen Mann soll ich belügen? Unmöglich! Aber es soll für Norbert geschehen. Wenn auch — ich bin es nicht im Stande!

Gregorius [sich nähernd].

Liebe Paula, meine Bitte langweilt Sie wohl?

Paula.

O durchaus nicht.

Gregorius.

Nur ein paar Augenblicke haben Sie Geduld. [Führt Paula zum Sopha. Sie setzt sich, er setzt sich ihr zur Rechten auf einen Stuhl, den er vom Mitteltisch herrückt. Kleine Pause.] Liebe Paula — Sie sind ein kluges Mädchen.

Paula [tief seufzend].

Ach Gott!

Gregorius.

Warum seufzen Sie denn so schwer?

Paula [beklommen, ohne ihn anzusehen].

Ach, ich weiß ja. Wenn man Jemand in der Einleitung eines Gespräches klug nennt, so will man ihm eine unangenehme Mittheilung machen.

Gregorius.

Stimmt diesmal nicht, liebes Kind. Nicht Sie, ich soll eine Mittheilung empfangen.

Paula.

Von mir?

Gregorius.

Von Ihnen. Ich will von meinem Sohne mit Ihnen sprechen. Von seinem gestrigen erschreckenden Nervenanfall. Von Norbert habe ich trotz aller Bemühungen nichts erfahren können. Denn offen gesagt: ich glaube, daß außer seiner Ueberanstrengung noch andere Ursachen mit im Spiele sind. Nicht wahr, Sie werden mir nichts vorenthalten, was mir Licht über den Gegenstand verschaffen könnte.

Paula.

O das ist schwer.

Gregorius.

Bedenken Sie, liebe Paula, daß mich nicht müßige Neugier dazu antreibt. Nein, ernste, tief empfundene, drückende Sorge!

Paula [beklommen, mit sich kämpfend].

Was soll ich Ihnen sagen?

Gregorius.

Die Wahrheit.

Paula [schmerzlich].

Die Wahrheit — o!

Gregorius.

Muth, liebes Kind. Sagen Sie mir Alles, was Sie wissen, oder zu wissen glauben.

Paula.

Nun denn — hören Sie, Herr Professor!

Gregorius [blickt ihr ins Gesicht].

Ich höre.

Paula [immer mit niedergeschlagenen Augen, gepreßt].

Herr Norbert —! [Noch leiser.] Nun ja, Herr Norbert —

Gregorius [athemlos gespannt].

Herr Norbert — ?

Paula [rasch].

Ja, Herr Norb — [Kann sich nicht länger bezwingen, blickt zu seinen Augen auf, hält von da an ununterbrochen den Blick darauf gerichtet.] Ach — so geht's unmöglich.

Gregorius.

Warum nicht, Paula!

Paula.

Wenn Sie mich mit diesen Ihren Augen ansehen, dann muß ich auch Sie ansehen, und das — bitte, lachen Sie mich nicht aus —

Gregorius.

Nein.

Paula [ihm noch immer in die Augen starrend].

Das nimmt mir den Athem.

Gregorius.

Das wäre schlimm. Na, dem wollen wir gleich abhelfen. [Setzt den Stuhl an seinen Platz zurück, setzt sich ihr zur Rechten auf das Sopha, nimmt sie unter dem Arm.] So, nun sehen Sie die garstigen Augen nicht mehr.

Paula.

O garstig sind sie nicht.

Gregorius.

Und Sie können mir alles bequem ins Ohr flüstern. Sie fürchten sich doch nicht auch vor meinem Ohr?

Paula.

Nein! [Seufzend] Ach Gott! Bitte, bitte nur um einen Augenblick Geduld. [Schöpft tief Athem.]

Gregorius.

Muth, Muth, liebes Kind! [Streichelt ihr die Hand.]

Paula.

Nun denn —! [Mühsam.] Also ich glaube — [Stockt.] Nein. [Hastig] Nein, nein! [Plötzlich aufathmend, wie verklärt] Ah - jetzt hab' ich's. Ich sage nur zwei Worte. Aus Eifersucht!

Gregorius.

Wie? Sie vermuthen, daß Norbert eifersüchtig wäre?

Paula [ehrlich].

O nein, ich vermuthe es nicht, jedoch —

Gregorius.

Jedoch —?

Paula [aus voller Brust].

Norbert hat es gesagt.

Gregorius.

Er hat es Ihnen gesagt?

Paula [wie oben].

Ja, das hat er mir gesagt. Das ist die Wahrheit!

Als Manuscript gedruckt.

Gregorius [voll Spannung, seine Miene hellt sich immer mehr auf].
Er wäre also eifersüchtig auf Leo?

Paula.
Auf Leo! Das hat er mir gesagt!

Gregorius.
Aber Kind, sagen Sie mir doch: man pflegt doch gewöhnlich
nur dann eifersüchtig zu sein, wenn man Veranlassung dazu hat.

Paula.
Freilich, Herr Professor.

Gregorius.
Norbert wäre also der Meinung, daß Sie Leo — ihm
vorziehen? Er glaubt also wohl gar, daß Sie Leo lieben. Ist
das aber auch wahr? Lieben Sie Leo wirklich?

Paula.
Nein, o nein!

Gregorius.
Das ist also ganz einfach eine Täuschung?

Paula.
Freilich ist's eine Täuschung! Das ist die Wahrheit!

Gregorius [springt auf, zieht sie an sich. Jubelnd].
Paula, Kind — ist das ein dummer Junge!

Paula.
Freilich, Herr Professor! Nein, nein, was sag' ich da!

Gregorius.
Paula, liebes, süßes Kind! Rasch, geschwind. Sagen Sie
doch — [freudig] es hat also einen Auftritt zwischen euch gegeben?

Paula.
O einen schrecklichen!

Gregorius.

Und Norbert fürchtete, daß ich davon erführe?

Paula.

Natürlich, Herr Professor. Allmählich und ganz unauffällig — meinte er — sollten wir uns wieder entfremden! Das ist alles Wort für Wort w a h r!

Gregorius.

Der Narr! Darum also —? Darum? [Stürmisch.] Paula! Kind! Engel! Komm an mein Herz! [Küßt sie wie verrückt ab. Stürmisch.] Kind, Kind — nimm mir's nicht übel, Kleine!

Paula.

Nur zu, Herr Professor, nur zu!

Gregorius [sie an den Händen fassend und pressend].

Du liebes, herziges Mädel! Weißt du, daß ich dich rein aufessen möchte!

Paula.

Nur zu, Herr Professor!

Gregorius.

Was? Bin ich ein Narr? [Räuspert sich.] Komisch, nicht wahr? Bin auch schon nervös. Zu dumm! [Schreiend.] Ottilie! Norbert! Kommt! Kommt geschwind! Hört Ihr denn nicht? Ein N a r r bin ich! Was? Ich hole sie. [Rasch nach links ab.]

Paula [allein. Tief aufathmend].

Ha — das wäre überstanden! — Ich hab's eigentlich gar nicht so schlecht gemacht: nicht e i n unwahres Wort ist über meine Lippen gekommen.

Zehnte Scene.

Paula, Gregorius, Ottilie, Norbert, dann Mathias.

Gregorius [noch hinter der Scene].

Paula, kommen Sie! [Führt Ottilie am Arm herein.] Da — sieh' sie dir an. Giebt's ein Mädel, das reizender wäre, als diese da? Geschwind — umarme sie! W a r u m sollst du später erfahren.

Ottilie.

Gern! Kommen Sie, mein Kind!

Paula.

Mit Freuden.

Gregorius [zu Norbert].

Und du — verstehst du, Junge — du bist der überspannteste Patron, der mir je vorgekommen ist. Wir reden später darüber. [Zu Ottilie.] Ja, meine Liebe — [Ottilie an sich pressend, mit unterdrücktem Jubel] ein Narr ist unser Sohn. Ein Narr, sag' ich dir. [Norbert und Paula wechseln Blicke.]

Ottilie.

O Konrad! [Lehnt ihr Gesicht an seine Brust, schluchzt, weint.]

Gregorius [ergriffen, sich mühsam fassend].

Na was denn? Warum denn? Die Weiber! Zu lächerlich! Komisch! Ah? [Sich rasch umwendend.] Was giebt's?

Mathias [meldend].

Herr Direktor Gräffendorff.

Gregorius [mit abgewandtem Gesicht, um seine Rührung zu verbergen].

Na geht! [Mit dem Fuß stampfend. Rauh.] Geht, sag' ich. Na wird's? Wir kommen bald! [Alle Drei links ab; dann tritt Gräffendorff durch die Mitte ein. Mathias mit dem Hut Gräffendorff's ab.]

Elfte Scene.

Gregorius, Gräffendorff.

Gregorius [auf Gräffendorff zueilend].

Hermann! Freund! Du kommst im rechten Augenblick! [Wirft sich ihm an den Hals.] Wenig fehlte noch, und ich, der alte Narr — [wischt sich über die Augen] es ist zu dumm! Sag' mir, ist das nicht lächerlich? Da steht man vor etwas Schrecklichem. Der Boden wankt, die Mauern beben, man meint, das ganze Haus müsse jählings zusammenstürzen! Dennoch bleibt man trotz der drohenden Todesgefahr aufrecht und stark. Aber dann, da die Gefahr vorüber, dann — s'ist zum lachen — kommt mit einem

Mal so eine verdammte, alberne Schwäche über einen! [Weint, wendet sich rasch ab.]

Gräffendorff [der tief ergriffen, faßt ihn nach einer Pause an der Hand. Innig].

Liebster, theuerster Freund — ist das nicht begreiflich? Seinen Sohn, sein einziges Kind, hingestreckt vor sich zu sehen gleich einem Sterbenden, wie du gestern Abend! Wem das nicht die Nerven erschütterte! Und deine Fassung, deine Kaltblütigkeit dabei. Ich habe dich bewundert.

Gregorius.

Freund, du weißt ja nicht alles, hast ja keine Anung, was ich seit gestern Abend durchgemacht habe. Wie es in mir wühlte, bohrte, arbeitete! Komm, setz' dich zu mir. Ich muß mir Luft machen. Ich lechze darnach, mir all' das Schreckliche, Furchtbare, von der Seele zu sprechen. [Setzt sich links auf die Chaiselongue.]

Gräffendorff [setzt sich ihm zur Linken auf den Lehnsessel].

Sprich, Konrad! Erzähle.

Gregorius.

Hermann, du kennst mich. Du weißt, ich gehöre nicht zu den mittheilsamen Naturen. Wie nun gar, wenn sich's um Dinge handelt, die ein Mann, und wenn's ihm die Brust zu sprengen drohte, nur schwer über die Lippen bringt. Sieh, Hermann — trotzdem dachte ich in meiner Herzensangst an dich. Ich sehnte dich herbei, um an deiner treuen Freundesbrust Rath, Beruhigung, Trost zu finden.

Gräffendorff [erschüttert].

Komm zu dir, fasse dich!

Gregorius.

Waren das entsetzliche Stunden! Diese Nacht, die kein Ende nahm. Alles todtenstill. Nur ab und zu ein tiefen Athemzug meines schlummernden Sohnes. Und ich — in dumpfer, nagender Seelenqual. Gemartert wie ein Fieberkranker. Wie wahnsinnig! [Flüsternd Gräffendorff's Arm umklammernd] Rück' näher! Ganz nahe. Höre, Hermann. Als mein Sohn gestern besinnungslos dalag bleich, bebend, schluchzend wie ein Kind — da rangen sich Worte von seinen Lippen, die wie mit einem Hammer mir

ins Gehirn schlugen. Wie eine furchtbare Anklage war's, das
Blut erstarrte mir. Mir schien's, als ob — als ob mein
Weib —! Nein, ich kann's nicht aussprechen, das Entsetzliche,
Hermann, Freund, nun denk' dich in meine Lage. [Mühsam, ver-
schämt] Ich hab' mein Weib — du, theurer Freund, bist die
einzige Seele, der ich das zu sagen imstande bin — sieh, ich hab'
mein Weib — g e r n. So g e r n, daß ich —! Na mit einem
Wort, mein Weib ist mir das L i e b s t e a u f d e r g a n z e n
W e l t! Ottilie ahnt nicht einmal, wie lieb ich sie habe! 's ist
albern, aber, verstehst du, ich hab' es ihr nie so recht sagen
können. So eine dumme Scham hat mir immer die Kehle zuge-
schnürt. Und nun mal' dir aus, in welchem Zustand ich mich
befand. Der Mensch — wenn nur der kleinste Schatten von
Argwohn auf seine Seele fällt — dann wittert er überall
Täuschung, Lüge. Alles, das Unbedeutendste, ja das Natürlichste,
erscheint ihm wie eine Bestätigung des keimenden Verdachts. O
es ist etwas Furchtbares! Sieh', auch jetzt — jetzt, da alles auf-
geklärt scheint, da ich mir sagen darf, daß alles nur ein schrecklicher Wahn gewesen, jetzt, während ich darüber rede, fangen die
Zweifel wieder in mir zu bohren an. [Steht auf, geht an ihm vorüber, nach rechts.] Immer mehr, immer heftiger, so daß ich fast
mit Todesangst auf ein Wort von dir warte, auf ein aufrich-
tiges Freundeswort, das mir bekräftigt, daß ich ruhig sein kann,
ruhig sein darf, vollkommen ruhig. [Starrt ihn durchdringend an.]

      Gräffendorff [die Augen niederschlagend, stammelnd].

Fasse dich — fasse dich, Konrad —

                Gregorius.

Gieb Antwort!

      Gräffendorff [erhebt sich langsam; mühsam]:

Ja . . . Wie kannst du nur [Die Stimme versagt ihm.]

                Gregorius.

Sprich! Sei offen gegen mich! Der Mann dem Mann,
der Freund dem Freunde gegenüber! Ich kann alles hören
[Starrt ihn erwartungsvoll an.] Hörst du — alles! Rede!

              Gräffendorff.

Du irrst. Ich — habe — dir nichts —

Gregorius.

Sieh' mir ins Auge!

Gräffendorff [athmet schwer, erhebt den Blick zu Gregorius. Beide stehen regungslos Aug' in Auge einander gegenüber Er kann den Blick plötzlich nicht länger ertragen, sein Gesicht verzerrt sich, er bebt, wendet den Blick schaudernd ab. Murmelnd].

O Gott —!

Gregorius [erstarrend, einen markerschütternden Schrei ausstoßend].

Ha!

Gräffendorff [seine ganze Kraft zusammenraffend, mit heiserer Stimme].

Konrad — du - du wirst — [Er ist nicht im Stande weiter zu sprechen, murmelt nur Unverständliches; bricht plötzlich zusammen, sinkt auf den Lehnsessel, schlägt die Hände zusammen.]

Gregorius [ausbrechend, wie ein Wahnsinniger].

Nein — es ist nicht möglich!

Gräffendorff [stammelnd].

Mach' — was du willst — mit mir —

Gregorius.

Elender! [Stürzt mit wilder Geberde auf ihn los.]

Gräffendorff.

Denk' an unsere Kinder!

Gregorius [wie versteinert].

Unsere Kinder! [Stöhnend.] Mein Sohn! [Schlägt die Hand vors Gesicht]

Gräffendorff.

Die Kinder — sind — ja — schuldlos!

Gregorius.

Mein Sohn, mein armer Sohn! Und Paula! Nein! Nein, nein! Sie sollen nicht büßen für die Verbrechen, für das Unglück ihrer Eltern. Aber ich — und du — was geschieht denn mit uns? Dich ermorden, dich zerreißen kann ich nicht! Ein Duell? Die Justiz? [Wie ein Wahnsinniger auflachend.] Ha, ha, ha! Eine prächtige Sühne das für einen Unglücklichen in meiner Lebensstellung. Unerhört grausamer Zwang der bürgerlichen Gesellschaft, daß der Unglückliche, der aufs schmählichste betrogen, bestohlen wurde, den gewissenlosen Schurken noch bitten muß, die Schande allein tragen zu dürfen. Ja, sieh' her, Elender! Du hast mich zwar beschimpft, hast meinen ehrlichen Namen befleckt, den ich mir rein erhalten habe mein ganzes mühseliges Leben lang, aber sieh', trotzdem [hebt die gefalteten Hände empor] komm' ich als Bittender zu dir. [In dumpfer Verzweiflung, aber mit durchbrechendem, wildem Grimm] Hörst du — ich bitte dich! [Die Hände bittend zusammenschlagend] Ich bitte dich kniefällig: halt's geheim. Hab' Mitleid mit meinem unschuldigen Sohn. Hörst du? Ich will die Schande allein tragen. Ich allein. Aber im geheimen! Hab' Mitleid! Liefere mich nicht dem Spott, dem Hohn der skandalsüchtigen Menge aus! Halt's geheim! Sag's Niemand! Sag's Niemand! [Sinkt, das Gesicht verhüllend, auf einen Stuhl]

Gräffendorff [stammelnd].

Recht so. Zerschmettere mich. Zerreiß mir das Herz. Ich verdien's nicht besser. [Aufstehend.] Aber anhören sollst du mich und mir glauben, daß ich mit jahrelangem, unsäglichstem, qualvollstem Seelenschmerz gebüßt habe für einen Augenblick des Taumels. Denn mein, ich schwör's, mein war die Schuld! Und welch' ein Erwachen. Voll Abscheu, voll Verachtung, wie einen Hund stieß man mich hinweg. Nur durch den Hinweis auf das namenlose Unglück, das man heraufbeschworen hätte, gelang es mir, die Absicht, Alles zu entdecken, zu unterdrücken. Was für ein Jammer — und in mir selbst: was für immer und immer nagende Gewissensbisse bei dem Gedanken an dich, den ich wie ein höheres Wesen verehrte.

Gregorius [wild auffahrend].

Ha, ha, ha!

Gräffendorff.

Beim Himmel — wenn ich auch ein sündhafter Mensch bin, so bin ich doch kein Schurke! Kurz, ich ertrug's nicht länger. Ich faßte den Entschluß — meine Stellung aufzugeben, obzwar mein Herz daran hing. Ich kam um die Enthebung von meinem Posten ein. Da warst du es, der Himmel und Erde in Bewegung setzte, um mich davon abzubringen. Du ruhtest nicht eher, als bis du mir förmlich mit Gewalt das Versprechen erzwungen hattest, daß ich bleibe. Und dann — was folgte dann? Dort — eine Verachtung, ein Ekel, die mir wie eine Schmach auf der Seele brannten — hier eine Freundschaft, eine Herzlichkeit, die mich noch tausendfach furchtbarer peinigten, mir den Athem raubten, mich erdrückten! Glaube mir, wenn ich mich schwer an dir vergangen habe, so hab' ich auch schwer dafür gebüßt!

Gregorius.

Still. Sei still. Ich will nichts mehr hören.

Gräffendorff [flehend].

Aber du glaubst mir?

Gregorius [mit einer Geberde des Ekels].

Schweig!

Gräffendorff.

Sag' mir nur, daß du mir glaubst! [Auf die Kniee stürzend.] Sei menschlich!

Gregorius.

Steh' auf! [Gräffendorff erhebt sich schwerfällig. Bevor du mich von deinem Anblick erlösest, gib mir dein Wort — ah was ist dein Wort! Schwör' mir — ah was ist dein Schwur! Doch halt — Eins wird dir ja noch heilig sein. Bei dem Leben deines Kindes schwör' mir, daß Niemand, hörst du, keine menschliche Seele, von dem, was sich hier zwischen uns zugetragen hat, etwas erfährt!

Gräffendorff [dumpf].

Ich schwör's.

Gregorius.

Und nun mach' fort, Elender!

Gräffendorff [erhebt flehend die Hände].

Erbarmen!

Gregorius.

Fort!

Gräffendorff [mit finsterer Entschlossenheit].

Dir soll Genugthuung werden! [Wendet sich zum Gehen]

Als Manuscript gedruckt.

Gregorius.

Halt! Schwör' mir noch, daß du ohne mein Einverständnis
keinen Schritt unternehmen wirst, daß du gehorsam abwartest,
was ich beschließe.

Gräffendorff [schon an der Thür].

Das kann ich nicht.

Gregorius.

Ich will's! [Pause.]

Gräffendorff.

Ich schwör's.

Gregorius.

Bei dem Leben deines Kindes!

Gräffendorff.

Ja. — [Wankt fort.]

Gregorius [allein. Er preßt die Faust an die Stirn, stöhnt auf, rafft sich
gewaltsam zusammen, geht mit festen Schritten gegen die Thür rechts].

[Der Vorhang fällt.]

Vierter Akt.

Ottiliens Boudoir, dämmerig beleuchtet. Links hinten Eingangsthür. Rechts hinten Thür zu Ottiliens Schlafzimmer. Rechts vorn ein Fenster. In der Hinterwand Erker mit brennender Ampel. In dem Erker ein Tisch und zwei Stühle. Hinten zwischen Eingangsthür und Erker Pianino mit Stuhl. Links vorn Kamin, worin Feuer. Auf dem Kamin eine Stutzuhr, ꝛc. Neben dem Kamin zwei Lehnsessel und ein Schemel. Zwischen den Lehnsesseln eine brennende

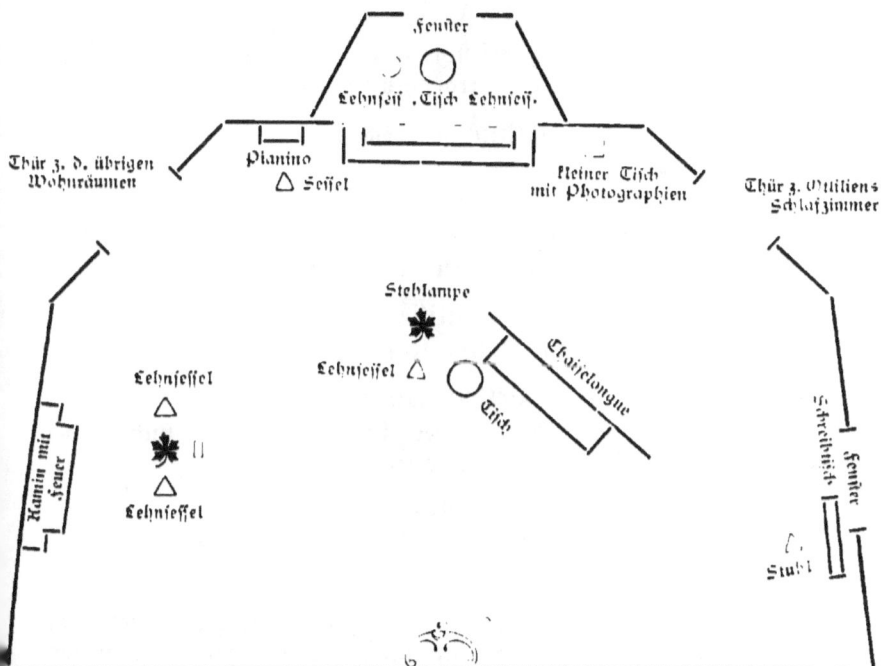

rothumschirmte Stehlampe. In der Mitte der Bühne — ein wenig nach rechts — eine Chaiselongue, davor ein kleiner Tisch, links davon ein Stuhl. Nahe der Chaiselongue eine zweite brennende Stehlampe mit das Licht dämpfendem großen Schirm. Rechts nahe dem Fenster ein Damenschreibtisch mit einem Stuhl. Auf dem Schreibtisch eine kleine brennende Studierlampe, eine schräg-stehende eingerahmte Photographie, ꝛc. Teppiche, Oelbilder, u. s. w.

Ottilie.

Erste Scene.

Ottilie. Bertha.

Ottilie [im Schlafrock auf der Chaiselongue, den Kopf hebend, da Bertha von links eintritt].

Ah Sie sind's, Bertha? Ist Fräulein Paula gekommen?

Bertha.

Noch nicht, Frau Professor. [Ottilie läßt den Kopf ermattet aufs Kissen sinken.] Ich bringe die Morphiumpulver.

Ottilie [ungeduldig].

Geben Sie.

Bertha.

Ich bin ein wenig lang ausgeblieben. Aber das Schnee= gestöber ist furchtbar. Und dabei der eisige Wind.

Ottilie.

Ja, es ist ein schreckliches Unwetter.

Bertha [zögernd].

Man hat mir die Pulver in der Apotheke nicht geben wollen, da ich erst gestern welche geholt habe.

Ottilie.

Sagten Sie denn nicht, daß sie — verlegt wurden.

Bertha.

Ja. Trotzdem —! [Aengstlich.] Verzeihen Sie, Frau Professor, daß ich so kühn bin. Aber ich möchte nur ergebenst erinnern, daß eine zu starke Dosis dieser Pulver - -

Ottilie.

Einen allzulangen Schlaf zur Folge hätte. [Mit schmerzlichem Lächeln.] Ich weiß wohl. Beruhigen Sie sich. Geben Sie. So geben Sie doch! [Reißt ihr die Pulver aus der Hand, verwahrt sie in ihrem Schreib= tisch. Nach links gehend, nachsinnend.] Und dann, Bertha — was hab' ich doch sagen wollen? [Zusammenzuckend.] Horch -- ein Wagen! Das ist mein Mann! [Eilt ans Fenster.]

Bertha.

Nein. Es war der Wind.

Ottilie [entfernt sich vom Fenster. Plötzlich].

Aber jetzt! Jetzt!

Bertha.

Nein, Frau Professor —!

Ottilie.

Still. [Lauscht. Sie seufzt tief auf.] Niemand. [Murmelnd.] Ich vergehe vor Angst. [Zum Kamin gehend.] Das Feuer ist dem Erlöschen nahe. Es ist bitter kalt hier.

Bertha.

Verzeihen Sie, Frau Professor. Es ist sehr warm hier im Zimmer.

Ottilie.

Sie können das nicht beurtheilen, denn Sie kommen von der Straße. Legen Sie nach. Rasch und reichlich. Hören Sie. [Bertha legt nach.] Noch! Noch mehr! [Nimmt ihren Mantel, hüllt sich darein, setzt sich links auf den Lehnsessel. Die Uhr auf dem Kamin schlägt neun.] Neun Uhr! Wo mag Konrad bleiben? [Steht auf, wirft den Mantel auf die Chaiselongue.] Es ist unerträglich. [Fächelt sich mit dem Taschentuch Kühlung zu.] Und Paula —? Wenn sie nicht käme, wenn ich diese Nacht noch — — [flüsternd] durchleben müßte! [Schaudert, geht zur Schlafzimmerthür, öffnet sie, will hinein, bebt zurück.] Ha! Finster und todtenstill — wie in einem Grabe! Bertha, machen Sie Licht in meinem Schlafzimmer. [Bertha nach rechts ab.] Mir graut vor dieser gespenstigen Finsternis. [Geht zum Kamin, starrt in die Gluth.]

Bertha [zurückkommend — sie läßt die Thür offen].

Befehlen Sie — [Ottilie wendet sich erschrocken um] noch etwas?

Ottilie.

Schließen Sie wieder die Thür. [Es geschieht.] Ah jetzt hör' ich Paula. Endlich!

Bertha.

Ja, das ist das Fräulein. [Oeffnet die Thür links. Paula mit Hut, Mantel und Muff tritt ein.]

Zweite Scene.

Vorige. Paula.

Ottilie.

Willkommen, liebes Kind. Willkommen. [Küßt sie.] Ich fürchtete schon, daß das entsetzliche Wetter Sie abhalten würde, zu kommen.

Paula.

O gnädige Frau — wegen des Bischen Wind und Schnee? Und wenn die Stürme des Nordpols getobt hätten! [Legt ab. Bertha ist ihr dabei behilflich.]

Ottilie.

Sie sind so gut. Wunderten Sie sich nicht, daß ich Sie noch für heut Abend zu mir bitten ließ! Was dachten Sie sich denn?

Paula.

Ich hatte nur eine Empfindung. Ich freute mich, kommen zu dürfen. [Zieht ihre Handschuhe aus, steckt sie in den Muff.]

Ottilie.

Sie sind ein Engel. Nun aber nehmen Sie eine Tasse Thee, nicht wahr?

Paula.

Nein, ich danke, gnädige Frau.

Ottilie.

Der Thee würde Sie erwärmen.

Paula.

Ich danke wirklich.

Ottilie.

Ist Ihnen denn nicht kalt?

Paula.

Im Gegentheil. Ich habe meinen neuen Pelzmantel angezogen. Der ist so warm! Dann nahm ich mir das Mädchen mit, und wir liefen miteinander wie ein Paar Eilboten. Wir haben uns vom Winde treiben lassen.

Ottilie [gibt Bertha einen Wink. Bertha, Mantel, Hut und Muff mitnehmend, nach links ab].

Dafür haben Sie diese frischen Rosen auf Ihren Wangen mitgebracht.

Paula.

O das sind frostige Blumen. Ich habe auch freundlichere mitgebracht, die Sie erinnern sollen, daß, wenn es noch so stürmen und schneien mag, doch der Frühling nicht mehr fern ist. [Wickelt einen kleinen Blumenstrauß aus seiner Papierhülle, überreicht ihn.]

Ottilie.

Ah Schneeglöckchen! [Gerührt.] Der Frühling nicht mehr fern — der Frühling! [Reißt Paula an sich, küßt sie, dann die Blumen in eine Vase des Schreibtisches setzend.] Ich danke Ihnen, liebes Kind. [Vor sich hinstarrend.] Der Frühling! Bis dahin —! [Blickt gegen Himmel.]

Paula.

Nun, bis dahin, gnädige Frau —?

Ottilie [nach links gehend].

O liebes Kind! [Setzt sich auf den rückwärtigen Lehnsessel am Kamin.]

Paula.

Bis dahin ist alles wieder gut.

Ottilie.

Wovon sprechen Sie, liebe Paula?

Paula [setzt sich Ottilie gegenüber auf den vorderen Lehnsessel].

Wovon, gnädige Frau? Vor allem von der Gesundheit Ihres Sohnes und —

Ottilie.

Und?

Paula.

Nun, gnädige Frau, Sie wissen ja —

Ottilie.

Sagte Ihr Papa etwas zu Ihnen?

Paula.

Nur ein paar Worte. Daß er sich mit dem Herrn Pro=
fessor gezankt hätte. Ach, Papa sieht verstört aus! Er ist jäh=
zornig und ist wohl recht heftig gewesen. Und nun thut's ihm
leid. Aber, nicht wahr, zwei Freunde, die sich so nahe gestanden
— die söhnen sich doch bald wieder aus? Sie schweigen? Halten
Sie es für denkbar, daß eine so langjährige, innige Freundschaft
sich zur Feindschaft umwandeln könnte?

Ottilie.

Beunruhigen Sie sich nicht, liebe Paula.

Paula.

O wahrhaftig, ich dachte dabei nicht an mich. Meine
geringe Person tritt da ganz in den Hintergrund, wo sich's um
s o l ch e Menschen handelt! Aber nun sollen Sie einmal sehen,
daß ich, wenn es was Ernstes gilt, keine Furcht kenne. Ich
wage es — und trete dem Herrn Professor keck vor die Augen.
Nein, nicht keck — mild und sanft. Aber mit der ganzen Festig=
keit und Ruhe, deren man bedarf, um nicht eher vom Platze
zu weichen, als bis man Frieden gestiftet hat.

Ottilie.

Sie gutes Kind! [Drückt ihr die Hand.] Aber wir wollen uns
nun, mein liebes Kind, mit I h r e r Person beschäftigen.

Paula.

Mit mir?

Ottilie.

Ja, mein Kind. Um's offen zu sagen: d a r u m hab' ich
Sie zu mir gebeten. Rücken Sie ein wenig näher.

Paula.

Ich setze mich so, wenn Sie erlauben. [Rückt den Schemel
dicht zu Ottilie, setzt sich zu ihren Füßen.]

Ottilie.

So ist's recht! Sie wissen, liebe Paula, daß ich sehr nervös
bin. Ich bin — mein Mann will mir's zwar ausreden, aber
es ist doch so — ich bin herzleidend. Sehen Sie, liebes Kind,

man weiß bei einem solchen Leiden nie, ob man am nächsten
Morgen noch —

Paula.

Ach, bitte, bitte, reden Sie nicht so!

Ottilie.

Verstehen Sie, liebe Paula — bei einem solchen Leiden,
da kommt manchmal ein unerklärliches Angstgefühl über einen.
Und nicht eher glaubt man Ruhe und Schlaf wieder finden zu
können, bis man über das, was man sich in den Kopf gesetzt,
Aufklärung und Gewißheit erlangt hat. [Faßt Paula an der Hand.]

Paula.

Beruhigen Sie sich, ich bitte Sie!

Ottilie.

Hören Sie mich an, liebes Kind. Ich werde eine Frage
an Sie stellen. Eine wichtige Frage, die Sie mir aber rückhalts-
los beantworten müssen. Wollen Sie?

Paula [flüsternd].

Ja . . .

Ottilie.

Aber bevor Sie mir antworten, prüfen Sie Ihr Herz.
Denken Sie, Ihre Mutter wäre aus dem Grabe gestiegen und
erschiene vor Ihnen, um diese Frage an Sie zu richten.

Paula [sich zitternd an Ottilie schmiegend, flüsternd].

Fragen Sie.

Ottilie.

Es betrifft meinen Sohn. Lieben Sie Norbert? Lieben Sie
ihn aufrichtig, von ganzer Seele?

Paula [sieht sich ängstlich um, dann aus tiefer Brust].

Ja, ich l i e b e ihn! Ich liebe ihn s o, daß ich mein
Leben für ihn hingeben würde! [Fällt Ottilie um den Hals, sie
halten sich weinend umschlungen.]

Ottilie [nach einer Pause].

Das hab' ich wissen wollen. Jetzt ist mir leichter. Und
nun bitte ich Sie, liebe Paula — [erhebt sich, klingelt] begeben Sie

sich in mein Schlafzimmer und haben Sie die Geduld zu warten, bis ich Sie hole.

Paula.

Warten soll ich? [Bertha tritt von links ein.]

Ottilie.

Holen Sie meinen Sohn. Sagen Sie ihm aber nicht, daß ich Besuch habe. [Bertha nickt, dann nach links ab.]

Paula [beklommen].

Und ich soll warten?

Ottilie.

Ja, liebes Kind. [Führt sie nach rechts zur Thür, bleibt plötzlich stehen, hält sie fest.] Mein Mann! Das sind seine Schritte! Bleiben Sie!

Dritte Scene.

Ottilie, Paula. Gregorius von links.

Gregorius [bleich, verstört, aber in ungebrochener Haltung].

Ich komme spät nach Haus. Es gab schrecklich viel zu thun. Ah Paula? Das ist hübsch von Ihnen, daß Sie meiner Frau, die den ganzen Nachmittag allein geblieben, Gesellschaft leisten.

Paula.

O ich thu' es gern.

Ottilie.

Ich habe den Wagen gar nicht kommen hören.

Gregorius.

Ich kam zu Fuß.

Ottilie.

Wie leichtsinnig! Bei solchem Unwetter! Ein Mann, der sich wie du — [Er blickt sie an, sie stockt. Leise hinzufügend.] Wie du — anstrengt und ermüdet.

Gregorius.

Sei ohne Sorgen! — — Den Thee nehm' ich heut — — allein in meinem Arbeitszimmer. Ich habe noch zu thun.

Ottilie (tonlos).

Du willst noch arbeiten? Heut noch?

Gregorius.

Ja. Erwarte mich auf keinen Fall. Das Gutachten der Sanitäts-Kommission — du weißt. Das Ministerium drängt. Ich kann die Erledigung nicht länger aufschieben. Liebe Paula, ich sage Ihnen gute Nacht. [Zu Ottilie.] Laß anspannen für Paula. Hörst du?

Paula.

O mein Mädchen ist da. Und mein Mantel ist so warm.

Gregorius.

Nein — Sie dürfen mir auf keinen Fall zu Fuß nach Hause. Hören Sie? [Faßt sie am Kinn, sieht ihr ins Gesicht, legt seine Hand auf ihren Scheitel.] Gute Nacht, Paula. [Zu Ottilie.] Gute Nacht. [Geht nach links ab.]

Ottilie [starrt ihm nach. Pause].

So, liebes Kind. Und nun fassen Sie ein wenig Geduld. [Führt sie nach rechts.]

Paula.

Mir klopft das Herz. [An der Thür.] Ich fürchte sehr, ich bin auch ein wenig herzleidend. [Ab]

Ottilie [schließt hinter Paula die Thür, geht hierauf vor. Die Hände faltend].

Nur dieses Eine möge mir noch gelingen. Es ist mein letzter Wunsch auf dieser Welt! [Sinkt auf die Chaiselongue.]

Vierte Scene.

Ottilie, Norbert.

Ottilie.

Mein Sohn —!

Norbert [wirft einen Blick auf Ottilie. Gerührt].

Mutter! [Faßt ihre Hand, will sie an die Lippen führen. Sie sträubt sich dagegen, läßt es endlich willenlos geschehen.]

Ottilie.

Setz' dich, Norbert. Ich habe mit dir zu reden.

Als Manuscript gedruckt.

Norbert [erschreckend].

Mit mir? Was denn — wovon denn, liebe Mutter?

Ottilie.

Von dir — von deinen Beziehungen zu Paula will ich mit dir reden.

Norbert [athmet erleichtert auf, setzt sich ihr zur Rechten auf die Chaiselongue].

Ottilie.

Ich muß ein wenig zurückgreifen, um Manches klar zu stellen.

Norbert.

Mutter, ich bitte dich — !

Ottilie.

Hör' mich ruhig an. Sieh, Norbert, ich mache mir bittere Vorwürfe. Es drängt mich, ich muß es bekennen, ich bin Paula mit großer Voreingenommenheit entgegengekommen. Ja ich habe, was ich vermochte, gethan, um dich gegen das gute Mädchen unfreundlich zu stimmen. Die Erinnerung daran thut mir weh.

Norbert [haftig].

Mutter, wozu sagst du mir das Alles? Es leitete dich gewiß immer die beste Absicht. Paula machte eben anfangs keinen günstigen Eindruck auf dich. Aber alles das ist, seit ich mich mit Paula nochmals und gründlich ausgesprochen habe, gegenstandslos für mich geworden. Heut gebe ich mich keiner Täuschung mehr hin. Des Mädchens Herz habe ich nie besessen und werde es auch nie besitzen.

Ottilie.

Nein, nein, Norbert, das kann unmöglich deine Meinung sein. Aber wem sage ich das! Du weißt es, mußt es ja fühlen, daß Paula's Herz in wahrer, in inniger, in festwurzelnder Liebe dem deinen entgegenschlägt. Was sie für Leo empfand, war nichts als die flüchtige Regung eines noch halb kindlichen Geschöpfes. Die Liebe zu dir ist ihr ein tiefes, ernstes, heiliges Gefühl! Einem Mädchen mit dem Charakter Paula's würde, wenn ihre Liebe nicht Erwiderung fände, das Herz brechen.

Norbert [aufstehend].

Mutter — das möge Gott verhüten!

Ottilie.

Norbert, ja, du liebst sie!

Norbert.

Heut n i ch t mehr!

Ottilie.

Das ist nicht wahr! Norbert, ich bitte dich darum, sag'
mir, gesteh' mir, daß du sie liebst.

Norbert.

Ich kann nicht!

Ottilie.

Norbert, sieh, ich weiß —! O Gott, ich leide unsäglich!
Wenn du nur noch einen Funken von Liebe zu deiner Mutter
hast —!

Norbert.

Mutter, halt ein! Das ertrag' ich nicht!

Ottilie.

Du zwingst mich ja dazu. Sieh, Norbert, mein ganzes
Denken und Hoffen richtet sich nur auf dieses eine Ziel: mit ihr,
mit Paula will ich dich versöhnt, vereinigt wissen. Es geschieht
zum ersten Mal, Norbert, daß ich etwas von dir erbitte. Bedenk'
es wohl — vielleicht geschieht's auch zum letzten Mal.

Norbert.

Mutter, sprich nicht so mit mir. Ich kann das nicht hören.
Laß mir wenigstens Zeit.

Ottilie.

Nein! H e u t noch, s o g l e i ch muß ich dein Wort haben.
Hab' Erbarmen mit mir!

Norbert [ihr ins Wort fallend].

Red' nicht so mit mir, Mutter, ich beschwöre dich! Mein
Wort willst du haben? Gut — gut — ich geb' es dir!

Ottilie [ihn an sich ziehend].

Dank! Dank! [Sich endlich fassend]. Und jetzt, mein Sohn, sag'
ihr es selbst.

Als Manuscript gedruckt.

Norbert.

Ist sie denn da?

Ottilie.

Ja, sie ist da. Darf ich sie holen?

Norbert.

Ja, Mutter.

Ottilie.

Ich hole sie. [Wankt nach rechts ab]

Fünfte Scene.

Norbert. Gleich darauf Ottilie, Paula an der Hand hereinführend.

Ottilie.

Da ist sie! Umarmt euch, Kinder!

Norbert [die Arme ausbreitend].

Paula!

Paula.

Norbert! [Sie stürzen sich in die Arme.]

Ottilie [einen Ring vom Finger ziehend].

Da, nimm, mein Sohn. Wechselt die Ringe. [Es geschieht.]
Und nun gelobt mir, [feierlich] daß, was auch immer geschehen
möge, Ihr einander angehören wollt — fürs ganze Leben.

Beide.

Ja, wir geloben es! [Sie legen ihre Hände in Ottiliens Hand
ineinander.]

Ottilie.

Gieb deiner Braut einen Kuß! [Er küßt Paula auf den Mund.]
An mein Herz, geliebte Tochter!

Paula.

Mutter!

Ottilie [schließt sie an sich. Beide umschlingend].

Meine geliebten Kinder! [Sie macht sich endlich los, küßt Paula
auf die Stirn.] Und nun, verlaßt mich. Es ist spät. Norbert, du
begleitest deine Braut.

Norbert.

Ja, Mutter.

Ottilie.

Geht, geht! Lebt wohl! [Sie preßt wiederholt Paula an sich, dann fährt sie liebkosend Norbert über die Stirn, drückt ihn an sich, streichelt sein Haar und seine Wangen, kann sich kaum von ihm trennen. Endlich sich mühsam fassend.] Geht! Lebt wohl! [Norbert mit Paula links ab. Ottilie sieht ihnen wehmüthig nach.]

Sechste Scene.

Ottilie. Dann Bertha.

Ottilie.

Sie sind vereint! Nichts kann sie mehr trennen. Ein süßer Trost für mich in meiner letzten Stunde. [Schaudert, starrt sinnend vor sich hin, dann wild entschlossen.] Ja, es muß geschehen. Ich kann, ich darf nicht länger mehr leben! [Wirft sich, das Gesicht mit den Händen bedeckend, auf die Chaiselongue, dann rafft sie sich zusammen, trocknet sich die Augen, klingelt, geht nach links vor. Zu Bertha, die eine Platte, woran eine Karaffe mit Wasser und ein Glas, auf den Schreibtisch setzt.] Sie können zu Bett gehen, Bertha. Ich werde mich selbst entkleiden. [Setzt sich links auf einen Lehnsessel, nimmt ein Buch zur Hand.]

Bertha.

Und die Lampen, Frau Professor —?

Ottilie [zeigend].

Diese beiden lassen Sie brennen.

Bertha [geht nach dem Erker, verlöscht die Ampel, dann die Lampe am Kamin. Hierauf tritt sie ans Fenster. Den Store lüftend].

Kein Stern am Himmel.

Ottilie.

Und der Sturm?

Bertha.

Er hat nachgelassen.

Ottilie [für sich].

Bald wird er sich ganz legen. Dann wird es still, ganz still werden.

Als Manuscript gedruckt.

Bertha [zögernd, mit einem besorgten Blick].

Sie befehlen sonst nichts mehr . . . Frau Professor . . .

Ottilie.

Nein.

Bertha.

Gute Nacht!

Ottilie.

Gute Nacht, Bertha. [Bertha zögernd, noch einen Blick auf Ottilie werfend, ab.]

Siebente Scene.

Ottilie. Dann Gregorius.

Ottilie [geht zum Schreibtisch, nimmt Paula's Blumensträußchen aus der Vase, küßt es, steckt es an die Brust].

Ein Abschiedswort? Nein! Mein Tagebuch wird ihm sagen, was ich gelitten die Jahre hindurch! Aber sein Bild will ich mir nehmen. [Nimmt es vom Schreibtisch.] Es soll ihm zeigen, daß mein letzter Gedanke — ihm gegolten hat! [Betrachtet das Bild bei dem Licht der Lampe. Flüsternd, leidenschaftlich.] Konrad, Konrad, nicht wahr, du wirst mir verzeihen! [Preßt die Lippen auf das Bild, legt es vor sich hin auf den Schreibtisch, öffnet die Lade, wirft mit zitternden Händen nacheinander die Pulver auf den Tisch. Plötzlich erschrickt sie, lauscht. Gregorius tritt links ein und geht, ihre hastigen Bewegungen scharf beobachtend, vor. Sie wendet den Kopf, stößt einen leisen Schrei aus, schiebt die Päckchen rasch zusammen, wirft ihr Taschentuch auf die Pulver. Ihn anstarrend.] Konrad —!

Gregorius.

Ich sah Licht an deinem Fenster.

Ottilie.

Ich habe noch — gelesen.

Gregorius [bemerkt das Sträußchen an Ottiliens Brust Wehmüthig].

Von wem sind — diese Blumen?

Ottilie.

Von Paula.

Gregorius.

Frühlingsblumen —!

Ottilie.

Ja — Frühlingsblumen!

Gregorius.

Das liebe Mädchen! — — Mit meiner Arbeit bin ich
nicht recht vorwärts gekommen. Immer wieder kehrten meine Gedanken zu einem Erlebnis des heutigen Abends zurück, das mich
[mit Nachdruck] eigentlich nur als A r z t angeht, durch welches ich
aber dennoch in eine nicht geringe Erregung versetzt worden bin.
Du erlaubst, daß ich dir den Fall erzähle. Vielleicht wird mir
durch die Mittheilung ein wenig leichter ums Herz.

Ottilie [setzt sich auf die Chaiselongue. Flüsternd].

Erzähle.

Gregorius [setzt sich neben sie auf den Stuhl].

Was für Einblicke in die Noth, den Jammer, das Elend
der Menschheit werden einem Arzt oft zutheil. Was für Ab-
gründe, die der Welt zuweilen durch duftende Blumen und
Blütenranken verhüllt sind, thun sich oft vor ihm auf. Da werde
ich diesen Abend vom Krankenhaus weg nach einer prunkvollen
Wohnung geholt. Leute, deren Name in weiten Kreisen bekannt
und geachtet ist und die eine glänzende Lebensstellung einnehmen.
Was war geschehen! Denke dir, die Frau — —! In einer
Anwandlung von Reue, Zerknirschung, wegen eines einst began-
genen Fehltritts — hatte sie Gift genommen.

Ottilie [erstarrend, tonlos].

Gift genommen —

Gregorius.

Ist das nicht furchtbar! Heißt das nicht grauenvoll ge-
wissenlos, grauenvoll egoistisch gehandelt! Anstatt durch ein Leben
wahrer, tiefgefühlter Reue für jene That zu büßen, die vielleicht
in einem Augenblick des Taumels, der Sinnesverwirrung begangen
wurde; anstatt durch eine rastlose, edlen Werken der Barmherzig-
keit gewidmete Thätigkeit ihre Schuld zu sühnen, wirft dieses
Weib — [aufstehend] die ihr unträglich gewordene Bürde einfach
von sich. Wie ein Verbrecher, der die drohende Strafe fürchtet,
macht sie sich aus dem Staube. Sie läßt den Gatten, die Kinder,
ihre Familie im Stich. Die Schande, die sie im Stillen über den

makellosen Namen des Gatten brachte, gibt sie nun noch der
Menge preis. Von der Wunde, die sie schlug, reißt sie schonungs=
los auch noch die Hülle ab, so daß die schadenfrohen Mitmenschen
wie die Aasgeier sich versammeln und kreischen und krächzen:
Seht her! Seht den armen Betrogenen! Seht die armen Kinder!
Seht her! Seht her! Seht her! [Sinkt, das Gesicht mit einer Hand verhüllend, vom Schmerz überwältigt, auf den Stuhl zurück.]

Ottilie [ihm zu Füßen stürzend, laut aufschluchzend].
Konrad — du zermalmst mich!

Gregorius [in fieberhafter Hast und höchster Erregung].
Steh' auf, steh' auf!

Ottilie.
Laß mich! Zu deinen Füßen will ich —!

Gregorius [ihr in fieberhafter Hast ins Wort fallend].
Nein, nein, um des Himmelswillen! [Verhindert sie am Sprechen,
zieht sie gewaltsam empor.] Ruhig! Sei ruhig! Was regst du dich so
auf — um Dinge, die ja nicht d i ch, nicht u n s angehen!

Ottilie.
Konrad! [Will ihm die Hände küssen.]

Gregorius.
Was thust du!

Ottilie.
Konrad, dein Edelmuth erdrückt mich.

Gregorius [wie oben, ihr ins Wort fallend].
Still! Still! Was faselst du da! Du bist nervös, krankhaft erregt! Hörst du?

Ottilie.
Konrad, ich muß —!

Gregorius [sie nicht zu Worte kommen lassend].
Nein! Nein, nein! Genug! Still! Du bist krank! Hörst du,
du bist krank. Du brauchst Ruhe! Geh', geh'! Hörst du? Geh'!
Begieb dich zur Ruhe.

Ottilie [ſchluchzend].

Zur Ruhe —!

Gregorius [links hinten].

Ja —! Geh', geh' —! [Da ſie ſich zum Gehen wendet.] Einen Augenblick bleibe noch! [Zeigt, gebieteriſch die Hand ausſtreckend, nach dem Taſchentuch auf dem Schreibtiſch und richtet einen durchdringenden, ununterbrochen fortdauernden Blick auf ſie.]

Ottilie [zuckt zuſammen, nähert ſich, wie von einer magiſchen Gewalt angetrieben, ununterbrochen den Blick auf Gregorius geheftet, dem Schreibtiſch, nimmt das Taſchentuch mit der einen, dann die Pulver mit der anderen Hand, bewegt ſich wie eine Somnambule, immer den Blick auf Gregorius geheftet, langſam über die Bühne bis zum Kamin, wirft die Pulver ins Feuer; dann ſchwankt ſie und ſtützt ſich auf den Sims des Kamins]

Gregorius [der ſie ununterbrochen im Auge behalten hat, athmet auf].

Und nun geh' —!

Ottilie [faltet die Hände, wankt hinten nach rechts. Da ſie an ihm vorüber kommt, ſchluchzt ſie laut auf, will ihm abermals zu Füßen ſtürzen].

Gregorius [fängt ſie auf, läßt es nicht zu. Mühſam ſich beherrſchend].

Geh', geh', Ottilie! Geh' —!

Ottilie [wankt bebend und leiſe weinend nach der Thür rechts, ſieht ſich an der Schwelle noch einmal um. Er winkt ihr zu gehen. Sie ſchluchzt leiſe auf und verſchwindet. Da die Thür hinter ihr geſchloſſen, ſchreitet er gegen die Mitte der Bühne zu, dann verlaſſen ihn die Kräfte. Ein halb unterdrücktes Stöhnen entringt ſich ſeiner Bruſt, er ſchluchzt auf, ſinkt auf den Stuhl, wirft die Arme auf den Tiſch, preßt auf dieſelben ſein Geſicht].

Der Vorhang fällt langſam.

Manuscript not for sale.

Friedrich Guſtav Trieſch.